忘れられた峠

赤田則夫
AKADA Norio

文芸社

目次

忘れられた峠

北国の湖

――死ぬほど好きだった
あなたへの詩《うた》――

天使みたいな白鳥が
この北国の
雪のふりしきる湖を
飛び去って行《い》った
天使みたいな白鳥よ

いつか　年が経《た》ち
その白い美しい翼が
古び灰色になったならば
また　この静かな山間《やまあい》の湖に
帰って来ておくれ

その時　待ち人は
日のささぬ山影の
湖のほとりの
凍土《とうど》になっているけれど
周囲の雪山《ゆきやま》に射《さ》す朝日のように
君の来た事を知るだろう

喜びも悲しみもなく
ただ　安らぎの土として
君を迎えるだろう

小さな会社

君は会社の花だ
この小さな会社の
隣にすわっていると
高原の風にゆれる
清らかな花の香りがする

君はほっそりして
髪をおかっぱ頭にして
足がすくっと伸びて
緑色のスカートがよく似合い
君を束縛するものは何もないのだ

君は澄んだ目を相手にまっすぐに向ける
君には物おじも卑屈さもなく
そんな卑しい精神とは無縁の人なのだ

君は山形県の田舎の町では
お嬢さんとして通っていた
でも今は東京に出て来て
アパートで一人住まいをしている
君の言葉にはなまりがある
そんなところに
君がこんな小さな会社にいる
一つの原因があるのかも知れない

僕は君のカラー写真を持っている

他の人ととったのを
君の姿だけを拡大したものだ
君はいたずらっぽく
僕の部屋の机の上で笑っている
君はやっと少女期を脱した
子供なのかも知れない

僕と一緒にいると
君はいつも笑っていられるように
そんな冗談のうまい愉快な
楽しい人間になりたい

君の隣で仕事をしていると
見晴らしのいい　階建の超高層ビルの
オフィスで仕事をしているように
僕の心に希望と生きがいがわいて来る
窓からは　やわらかい光と
涼しい風が入ってくる

単調な人生のささやかな喜び
趣味の会の自己紹介の時
僕はいつも体が小さくなるのは何故なのだろう
落ち着いたスーツとネクタイの端正な青年が
「僕は○○銀行に勤めています」
と前を向き
静かに答える
「僕は地方公務員です」
無造作に自信を持って答える
しかし何故　彼は
「僕は町工場の工員をやっています」
と上目遣いに自嘲的に答え、全身を耳目にして
周囲の反応を気にするのだろう
うつむきみるみる顔が赤くなって行く彼の姿は
まさしく僕の姿なのだ
人はその人柄よりも　どんな機構に属して
いるかによって評価されるのだ

君はいなくなってしまった
「さようなら」も言わないで
君にとって僕は「さようなら」を言う資格さえなかったのだ
君の机は　きれいに片付けられ
花瓶にさした
赤いカーネーションの花が枯れている
生きている事の空しさが
君の机の周りから漂って
生きることの悲しみが
僕の生きたい心を萎えさせた

今日も人を狂気にさせる夏が待っている
昨日とまったく同じ生活が
機械にならなければならない
何も考えてはいけない
ただ年を取り　敗残者になるためだけの
生活が待っている

愛に見放された人々
（お正月と愛と孤独と）

気が狂うような、愛に見放された失恋の、個我の絶望の中で、人はやっと、両親に守られていた子供の精神から脱出して、自分の力で、生き始めるのかも知れない。

家族の団らんの中の精神的安定感、幸福。抱きしめ合う恋人達。
この二つの精神的喜びに関係しなくても生きている人達は沢山いると自分を励まし、ただ自力で生きていける価値観に満足し、アパートの一室で、一人お正月をしている人も居るかも知れないし、お正月の孤独に恐怖し、たいして親しくもない友達の家に押しかけ、家族的団らんの一端でも味わって、孤独自殺の恐怖から逃れようとする人もいるだろう。

年中お祭りのような、歓楽の、新宿の町を歩き、沢山の人と擦《す》れ違っても、知っている人達は一人もいないし、自分は一人ぼっちに過ぎないという絶望を味わうだけで、アパートに帰り、新宿の町を見るだけで、孤独地獄の恐怖を味わう人もいるだろうし、自分には仕事しかないと、いくら、その仕事が、きつくて、給料が安くて、将来性が無くても、その仕事に没頭し、孤独地獄の恐怖から逃れている人もいるだろう。

愛が成立するためには、何らかの条件が必要だと、その資格を取るために、狂奔、あるいは努力している人もあるだろう。その資格を取ろうと夢を持ち、勉強している間は、あるいは努力している時は、孤独を忘れられる時もあるのだから。

都会の墓地

墓地のそばに
五階建の温泉ホテルがあり
高速道路が走り
人はタクシーの後部座席に身をうずめ
ニューヨーク行定期航空便に間に合うように
急いでいる

醜く変形した肉体の小男が
死に場所を探して　墓地をうろつき
白昼の歓楽に疲れた女が
ホテルの窓から
ものうげに墓地を見下ろしている

『江戸名所図絵』に記された
壮大な七堂伽藍は何もなく
墓地は区画道路に分断され
江戸時代の観音の供養塔群は
一ヵ所にまとめられ
石刻の文字も薄れ欠けている

宝永三戌丙四月廿三日
得誉貞證信女
享保十二未丁十月朔日
帰空遊幻童女
元禄十四巳辛七月晦日

月清珠光居士
南無阿弥陀仏　南無阿弥陀仏

排気ガスをまき散らし
歩きながらの冥想を追放し
ただ人をあわただせ　あせらせる
走りまくる車の狂奔も
薄いセメント塀に囲まれた
広い空間の墓地の中では
遠い騒音　別世界
揺れ動く大地に
頭上に倒壊して来るビルもなく
墓地は死者の憩いの家なのか
それとも
打ちひしがれた敗残者の
最後の呼吸できる場所なのか
生は死よりも上　いかなる生も死よりは上
……と

無縁仏のように
朽ちた板塔婆や
荒れた墓石の立ち並ぶ中に
どこからともなく
焼香の匂いがただよい
掃き清められ　水を打たれた
黒い御影の墓石の前に
ぱあっと華やかな花輪が二つ
その前にぬかずき
両手を合わせる
清楚な人の姿は見えず
ただ線香の煙のみが
どんよりした梅雨空に消えて行く
死ねば損よ　死ねば損よ……と

江戸時代幻想

春の小川の　せせらぎは
里の娘の　気のように
朗らか　にこやか流れます
好きな　あの人　待つ間
素足をひたし　歌うたう

雪水　集めた　利根川の
春は　まだ来《こ》ぬ　堤《つつみ》土手《どて》
土筆《つくし》を取って遊んでた
幼子《おさなご》二人　どこへ行《ゆ》く
天明飢饉は　もう間近か

人目に隠れて　麦の畑《はた》
あなたは江戸へ　出稼ぎに
どうして淋びしさ　訴える
あなたに抱かれ　目に涙
青空　高く　泣き雲雀《ひばり》

恋も知らずに　死んでった
十八姉の　命日に
椿　供《そな》えて　泣いている
私《わたし》も十八　嫁ぎます
姉さん置いてく　山の墓地

いつも　あなたを待っていた
悲しい女の　運命《さだめ》ゆえ
垣根の椿の　花は散り
今は　あなたは　遠い国
江戸の屋敷の　城勤め

思わず　涙を　流してた
歌った歌の　悲しさに
あなたと居られる　仕合せに
ふと　口ずさんだ　歌なのに
淋しい過去の　覚え歌

いつも　悲しい　夢を見て
泣いてた　あの娘《こ》が笑ってる
両足　大地　踏みしめて
赤子　抱く手も　逞《たく》ましく
嫁入り三年　里帰り

何に　おびえて　泣いたのか
両眼《め》に涙　しゃくり上げ
しがみついてた　母の胸
乳の香《か》残し　逝《い》った人
思い出　遠い　山がすみ

江戸暮らし

好きでたまらぬ　若旦那
遠くで見かけた　宵祭り
横町に駆けこみ　どうしよう
普段着姿が恥ずかしく
会っても何も言えないし
恋におびえる江戸娘

あなたの　いない淋しさを
どうして耐えて生きて行《ゆ》く
いきで　いなせな　後影《うしろかげ》
寿司屋に駆けこみ　鉄火巻
つぶ貝　穴子に　お茶のめば
恋の涙も　乾きゆく

いつも挨拶してくれる
隣の娘の笑顔見て
仲良しだった家の娘《こ》の
年を数えれば　十八に
死なせた罪の大きさに
親の想いの悲しくて

冬の闇夜に　浮びいる
お稲荷　社《やしろ》の燈明火
髪ふりみだし祈ってる
権力なき身の　拠り所
復讐心に　焦悴《しょうすい》し
笑い忘れた　哀れ人

あなたを待って　もう二年
女の盛りを　ただ一人
早く帰って下さいね
髪結い床で　たつき立て
淋しく悲しくなる時は
お客と笑って過ごします

玉屋　鍵屋の　声上り
隅田大川　川開き
両国橋には　人あふれ
豪華　絢爛《けんらん》　花ひらく
花火を仰《あお》ぎ　よぎる夢
眠れぬ夏の夜　屋形船

江戸景色絵図

親にそむいた　恋ゆえに
二人で生きて　行《ゆ》くのです
長屋の一部屋　何もなく
あるのは　あなたの温かさ
他には何《なん》にも　いらないと

人に知られず　恋をして
人に知られず　あきらめて
今日も　ひっそり生きていた
日影長屋の　裏庭に
ほんのり咲いた　白芙蓉

おきてに　そむいた恋の道
手に手を取っての　道行《みちゆき》は
遠き蝦夷国《えぞくに》　水車小屋
愛され　愛して抱き合った
この世の果ての　火の祭り

竹刀《しない》の音も　やかましく
猫も　杓子《しゃくし》も　やって来る
この世　出るには　剣の道
肩で風切る　町人は
町道場での　有段者

浪人暮らしの　人生も
二十年余の　裏長屋
妻も子もなく　薄寒く
たたない足腰　重たげに
刀が一振　過去の夢

故里　離れ　江戸に出て
いつも思うは　残された
大きな山と　家屋敷
狭い長屋で　うなされて
妻に　起こされ　棒手《ぼて》仕事

狐が　ついた　女だと
子供が　後から　石　投げる
哀れな女と　言われずに
一人の人しか　愛せない
去《い》った　あなたを　待ち狂い

いつもおびえて　いるのです
今度の恋が　終わるのを
恋に生きてる　弱さゆえ
あなたの去った　淋しさは
吹雪の夜の　すきま風

好きな　あなたの傍《そば》にいて
何故か　淋しい　雪の夜
あなたは炬燵《こたつ》で　うたたねし
静けさ　しんしん呼んでいる
堕《お》りた水子が　偲《しの》ばれて

夜のお江戸に　降る雪は
ふんわり大きな　ぼたん雪
目もあけられず降りしきる
遠い山里　来たような
積もる静けさ　雪あかり

恋を失ない　死ぬのです
世に入れられず　死ぬ命
悲しみ重なる　その痛み
棟割長屋の一部屋で
苦しい人世《ひとよ》を　断《た》っていく

旗本屋敷の　奥深く
行儀見習い　行きたいと
小町娘が　言い出して
親は　あわてて　婿さがし
三国一は　どこにいる

あなたを待って気もそぞろ
上野　不忍《しのばず》　出合茶屋《であいぢゃや》
障子戸　開けて池　見れば
蓮《はす》の間を　緋鯉《ひごい》　行く
鯉がはねてる　恋のよに

白酒　飲んだ　愛娘《まなむすめ》
顔を赤らめ　はしゃいでる
雛段《ひなだん》　姫様《ひめさま》　私《わたし》です
父様《とうさま》　母様《かあさま》　家来《けらい》です
桃の節句も　健やかに

恋に涙は　付き物と
何でも話せる　おじさんは
知ったかぶりで　言うけれど
あたいの恋は　楽しくて
今日も笑って　ばかりいる

真夜中　お江戸の静けさは
墓地と　お寺と　社森《やしろもり》
闇で息する　辻斬りと
猫の仔　一匹　通らない
大名屋敷の　築地塀《ついじべい》

丑三《うしみ》つ　大江戸　常夜燈
まだまだ起きてる　人の音
夫婦の営み　薄様紙《うすようし》
川の向こうの　半鐘と
番太がわめき　拍子打つ

鎮守の森

村の境《さかい》の　鎮守の森は
小雨《こさめ》に　けむって　おりました
正一位　稲荷大明神の
幟《のぼり》もしおれる　祠《ほこら》の前で
狐親子が　犬のよに
ちょこんと　坐って　おりました

村を見守る　鎮守の森で
鴉《からす》が　かあかあ　鳴きました
山の端《は》に沈む　大きな夕日
子供が　みんな　帰って行《ゆ》くと
赤い血の色　村を染め
真っ暗闇夜《やみよ》が　やって来る

村のはずれの　鎮守の森は
木洩《こも》れ陽《び》　そよいで　おりました
お堂に　掲《かか》げた　絵馬《えま》に向かって
両手　合わせる　狂女が一人
友達　みんな　村を出て
毎日　淋しい　夏の午後

村の守りの　鎮守の森に
笛の音《ね》　太鼓が　響きます
今日は　午《うま》の日　甘酒茶店
吹矢　わた菓子　屋台が並び
人が　たくさん　あふれ出て
楽しい思い出　作ります

高原の秋

秋は高原に一足早く訪れる
霧が蓼科山《たてしなやま》をおおい隠し
その裾《すそ》のヒマラヤ杉の林の中に流れこみ
なだらかに広がる草原《そうげん》に雨が降る
人はうすら寒さに震えながら
去って行った恋人の後に
残されたのにも似た
わびしさを耐えなくてはならない
夏の日には澄んでいた
白樺の林の中の小川は
水かさを増し　濁り
とうとうと流れている
人気《ひとけ》のない　うす暗くなった草原には
ただ　雨の音だけが聞こえている

若い女性

白く輝やく肌を持つ
若い娘は
ある朝
鏡に顔のたるみを発見し
いつか自分に見合った
男を選び
限りない華やかさに満ちていた
若い娘の座を下《お》りて行《ゆ》く
ウェディングドレスに身を包み
幸せ感に包まれて
生まれ変わった自分を見つめ
第二の人生を出発して行《い》く

青春愛惜

いつまでもいつまでも　その思いは
悔恨の苦しみは
果てしなく心に広がる

一緒にピクニックし
冷たい谷川の水で顔を洗い　笑い合った
あなたの顔は朝日に輝いていた

訴えるすべもなく一人岩をよじのぼり
眼下にサファイヤ色の渓谷を見下ろし
薄暗い原生林の中を歩いたものだった

青春の日の思い出は
流れ去った月日のように
つかみとった山上の霧のように
はかなく消えて行くのだ

都会の秋夜

冷蔵庫で冷やした
長十郎梨の皮をむいていると
そのくすんだ土産《どさん》の色が
子供の時の母の里の
山深い夜のしじまを
空一面にひろがった
星の世界を思い出させる

この巨大な新宿の町の秋の夜ふけ
窓を開けると
空はどんよりとして薄明るく
遠くネオンサイン群の煌めき
部屋の中には
クーラーのような冷風が
音もなく忍びこんで来る

信玄の隠し湯

山国の渓流にそった道を
どこまでも遡《さかのぼ》った突き当たりに
離れが幾つも継ぎ足された
ひなびた温泉宿が　一軒ぽつんとあった

岩石で作られた野天風呂で
のびのびと手足をくゆらし
もうもうと立ち込める湯気の向こうには
白く岩間をかむ渓流が見られ
その上流には　千メートル以上の山々が
立ちはだかり
その肌は一面に気味悪い程　青黒く
原生林に覆《おお》われていた

仲居さんが　ごゆっくりと置いていった
ふきの煮つけ　山芋のとろろ汁と生卵
岩魚の塩焼　熱いわかめのみそ汁と御飯を
どてら姿で　電気こたつに入って食べていた

ふとんから　早朝体を抜け出すと
極寒《ごっかん》である事が分かる
下駄をつっかけ外に出ると
真下の谷底は濃密な霧におおわれ
渓流の音が聞こえるだけで
目の前の山の頂きが
烈しく奔流する霧の中に
ぽつんと頭を覗かせていた

どこまでも見透せる　すみきった大気の中に
冬の陽はきらびやかに注ぎ
荘厳な南アルプスの秀峰を仰ぎ見て
深呼吸すると　肺の中は浄化され
生きている喜びが心一杯に広がっていく

焦燥

後《うし》ろから　追っ駆けて来るものは何か
確かに　闇黒《あんこく》の世界から
俺ののど首を締め上げようとする
魔手が迫って来る
俺は夢中で　アクセルを踏む
一〇〇〇ccのエンジンは
四五キロ足らずの小男の
肉体の重さなど歯牙にもかけず

深夜の甲州街道を疾走する
あいつに追いつかれる位なら
このまま　ガードレールを突き破り
断崖の下を流れる谷川に
ころげ落ちて行った方がいい

あと何時間運転すればいいのだ
遠照灯に夜の国道が仄白く浮かび上がる
窓から冷たい風が入って来る
昼間の狂熱が嘘のようだ

流れる朝霧
この先に何があるのだ
上高地　神々の住む場所
玉石の上を流れる梓川《あずさがわ》の清流
目の前に立ちはだかる穂高連峰
しばしの休息が　そこにはある筈だ

レジャー時代

土曜の夜は
やっと自由を得られ
羽ばたきたいが
日比谷公園のベンチの上は
目白押しの
若いカップルに占領され
一人ぽっちは
新宿の雑踏にゆられるだけで
どこへ行くのか当てもない

土曜の夜は
車がひっきりなしに走っていて
現実をとことんまで
楽しもうとする連中が
ハンドルにしがみついていて
駐車場はがら空きになって
みな海や別荘に出かけてしまい
東京に残っている人は
彼女のまんまるうい
おしりをだいて
人間性解放の叫びをあげる

土曜の夜は
アパートに一人
ぽつねんと本を読んでいる人は
よほど不運な人で
そんな人は
そのまま自殺をしても
誰も文句を言う人はいない

未来黄泉国《こうせんこく》

全ての物が滅んでしまった。ほとんどの人間が死んでしまった。三メートル巾のコンクリートの地下壕から、こわごわ外に出て、最初に僕の目を射《い》たものは、澄み切った、雲というものが一つもない、空の青さであり、初秋の朝のような爽やかな風であった。

三十五階建の高層ビル街《がい》は瓦礫《がれき》の山と化し、所どころあった森林は、数千度の熱によって、白っぽい灰の堆積《たいせき》地帯となっていた。

やがて、どこからともなく生き残った人達が集まって来て、会議が持たれた。そして今度の戦争の原因が、集団主義によるものと決議され、新しい社会を作る為に、男と女の二人以外は、群れを作る事を禁止された。そして、わずかな科学者や労働者の協力と、機械力によって、三メートル巾のプラスチック製の動く道路が、この地球上を取巻き、交差して、何本か作られた。

この頃になると、全体が白土色だった地球上にも、緑草が芽生え、吹くそよ風の中に、しっとりとしたうるおいが感じられ、動く道路作りに従事していた僕達は、やっと自分達も生き残れるのだ、という蘇生の思いを持てるようになった。

僕は動く道路に乗っていた。もう何ヵ月も、何ヵ月も一人で乗っていた。どこを見ても、緑の草原地帯だった。遠く、時には近く、藍色の輪郭をくっきりと浮き上がらせた山々が連《つらな》っていた。時たま僕は、その単調さに、気が狂いそうになり、動く道路を降りると、三十センチ位のびた草原の中を駆け回り、動物みたいな異様なうめき声を四方八方に放ってみた。誰も答えてくれるものは居ない。僕は疲れ、又動く道路に戻り寝っころがると、いつの間にか眠ってしまい、そのままどっかへ運ばれて行くのだった。

夜というものが無くなっていた。何千発というメガトン級の、核爆発による熱衝撃によって、地球はその軌道から少しはずれてしまい、それ以来、地球上には、夜と共に、夏と冬という気候の変化が無くなっていた。一年の上半期は春、下半期は秋となり、温度や湿度の面では、しのぎやすくなって、衣服といえば、一年中僕は、白い長そでのワイシャツと、グレーのズボン姿で済むようになった。温度の変化が少ないので、露という現象が見られなかったし、どういう訳か、雨というものが全然なくなってしまった。難しい事はよく分からないが、何でも、それには海というものが、巨大な核熱力によって、全部蒸発して、砂漠地帯となってしまった事と関係があるという。

単調な現実は、僕の心の中の世界との境界をあいまいにした。強烈な人恋しさの感情が、過去の人間関係を蘇らせ、その相手が全て死んでしまったという事実と、僕が生き残っているという現実が、僕に強者のような雄叫びを上げさせると共に、この広い地球上に僕だけが生きているという幻影が、僕に絶望的な恐怖の叫びをわめかした。僕がこんなにも孤独で生きなくてはならないのなら、僕もあの戦争で、バタバタと死んで行った絶対多数の、一人であった方が、仕合せであったのではないか。

不思議な事に、国家という機構の中で、重要な地位を占めていた人間が数多く死んでいた。何でも二世紀前、広島に落とされた原爆によって、何も知らない民衆が、人知れず殺されて行ったように。噂によると、新型の水爆の放射能の中に、国家という機構の中で、社会的地位の高い人間の脳髄に必然的に生じる、脳髄の機質的変化に、直接的な打撃を与える、化学物質が含まれていたという。だからいくら、十メートル巾の鉄骨鉄筋コンクリートの地下壕に、ひそんでいたお偉方達も、まさか空気を吸わない訳にはいかないから、窒息死のような状態で死んでいった。倫理的な面から見れば、自分らの社会的地位を守る為の、核攻撃が、相手の復讐《しゅう》的反撃を生み、因果応報的に、自分らの上にふりかかったのであり、その思想だけが、目の前で人間が苦しみながら死んで行く地獄図に、人間の感覚が耐えられる、唯一の精神的な狂信なのであった。

しかし、もうそれは過去の出来事だった。過去の思想だった。今の僕にとって必要なのは、何ヵ月も一人でも生きていられる、精神作用の拠り所、新しい思想を、急務に自分の心の中に作る事であった。

その時、僕は見たのだ。一つの幻想のように。こっちに向かって来る動く道路に、一人の女性が乗っているのを。その人は、空の色よりも、もっと明るい青色のスカートに、白いブラウス、紅色の靴をはいて、手を振っている。僕も夢中で手を振る。笑っている。僕も笑う。

「今日は《こんにち》」「今日は」

僕は彼女の乗っている動く道路に乗り移る。

「どこに行《ゆ》くんですか」

彼女は微笑を浮かべ何も言わない。僕は飢えたように彼女の全てを見つめた。

「十日位さきの所よ」

「僕は一ヵ月も二ヵ月も動く道路に乗っていたけれど、誰にも会いませんでしたよ」

「支線に乗りかえた秘密の場所ですもの」

「そんな場所が、この地球上にあるんですか」

僕は驚いて聞いてしまった。

「愛し合った同士だけが知っている場所よ」

彼女にはもう決まった人がいたのだ。といって僕は彼女から離れる事は出来ない。僕の体は引力にひかれるかのように彼女に近寄ってしまう。彼女の匂い、身のこなし、表情、全てがいとしく魅力的だった。

僕はもう三十を越えていたし、背もあまり高くないし、スマートな体を持っていない。科学者みたいな頭脳を持って、社会で生きていた訳でもない。平凡な、何の取り柄《え》もない人間だった。こんな男に恋人が出来る方が不思議なのだが、今は二人しか居ないという環境のせいか、彼女はやさしく振るまってくれた。二人は動く道路を降り、しばらく歩くと、草原が丘のようになった斜面に坐った。そこで僕達は恋人みたいに話す。何ヵ月かぶりに会えた人間、しかも美しい異性だもの、話はとめどもなく流れ出す。しかし本当は、僕にとって、彼女の隣にいて、ただ彼女を見ているだけで、生きている喜びが、心の底からわき上ってくるのだった。彼女のふさふさした長い髪や、すべらかに伸びた白い手や、彼女の背中に触れた温かみから、僕を夢中にさせる程の快感が伝わって来る。僕は耐え切れなくなって彼女を抱いてしまう。一見ほっそりした感じだが、抱いて見ると、ずっしりとした女体の重量感が、僕の両腕では、かかえ切れない程のたくましい存在で迫ってくる。僕はもっと彼女の全てを自分のものにしようとあせる。彼女のブラウスの上をはっていた僕の手が、彼女のスカートに触れた時、はっきりとした彼女の拒絶に遭った。

「そんな事をするなら、もう厭よ」彼女は邪険に僕の体を払いのけようとする。

「もうしないから」と僕は謝って、また彼女をおそるおそる抱いた。

「もうきりがないわ、私、行かなければならないのよ」

「あと五分でいいよ。そうしたら僕は君の全てをあきらめるから」

「しょうがない人ね。五分よ。さあ、早く抱いて」

　僕はみじめさを感じながらも、彼女にしがみつくように抱く。白い花びらのような感触とその香り、命あるもののふくよかな弾力。もうこんな恍惚の一瞬が、僕の人生にあるだろうか。僕はもっと彼女の奥深いものに触れようとして、彼女の胸元に顔を埋めようとした時、

「時間よ」と、彼女は上半身を起した。

「君の好きな人は、もう白血病で死んでいるかも知れないよ」　僕は上目遣いに、彼女の反応をうかがいながら、おそるおそる言う。それは彼女をいつまでも僕の傍に引き止めておきたい、利己的な卑しい論理であった。僕の生長の止まってしまった心は、そんな形でしか、彼女に対する愛を告白できなかった。彼女の白い頬が、みるみる怒りの紅の色に染められていった。

「あなたは人が不幸になるのを見る事によって、自分が幸福だと思う性格なのね。そんな人は、今度の戦争で皆んな死んだと思っていたのに、まだ生きていたのね。あなたこそ早く白血病で死になさい」彼女は断定し、激しく言い放った。

　彼女の僕に対する憎悪と、僕の卑劣な自分に対する自己嫌悪が、僕の彼女と一つになりたい欲望を萎縮させていった。僕は頭を垂れ泣いた。一生一人で生きなくてはならない、自分の将来に対する絶望の為だった。彼女が遠ざかって行《ゆ》くのが分かった。頭を上げた時、彼女は動く道路に乗って、どんどん離れて行く。僕はかけ出して「さようなら　さようなら」と何度も何度も叫んだ。彼女は振り向いて「さようなら　お元気でね」と手を振ってくれた。そして彼女の姿は、米粒のように小さくなって、地平線上に消えて行った。

彼女と別れてから、又何日も何日も経《た》った。僕は何する気力もなく、動く道路にうずくまっていた。動く道路は時速十キロの速さで、ゆっくりと走っている。小川が流れていた。それは今にも草原の中に吸いこまれそうに、チョロチョロした流れだったが、朝の太陽の光線を受けて、命あるようにキラキラ光っていた。それが僕には、この地球上で唯一の動いている生き物のように目に映った。この小川の先をもっと辿って行《ゆ》けば、森林地帯となっており、そこを流れる小川は湧《わ》き水を集め水かさを増し、水藻が揺れ、岩魚や鮎などの魚影が生じているのではないだろうか。その想像が、能面のように無表情だった僕の顔に、一瞬血の色を浮かび上がらせた。僕は小川の先を辿ってみる。未知の期待に燃えて。しかし一時間も歩く内に、草地《くさち》は白い砂地が多くなり、小さな流れは、ついに、見渡す限りの広大な砂漠地帯を前にして、ほんのちょっぴりあたりを湿らせただけで消えてしまった。僕は肩を落とし又元に戻るしかなかった。

しかし僕はそのチョロチョロした浅い幅広の流れから離れることが出来なかった。僕は動く道路と小さな流れの交差する近くに、その日一日かかって、草で家を作った。穴を掘り、下に草を敷きつめ、屋根を草でおおった草家《くさや》である。僕は疲れて、その中に入り雲雀みたいに寝た。腹がすくと、また動く道路に乗り、二十キロ地点に一つある、ボックス型の押ボタン式食堂に入り、食欲を満たす。二メートル四方の食堂は、いつもうっすらと埃《ほこり》がたまり、誰もここで食事をした形跡など何もない。僕はその度に、腹をただ満たすだけの機械的な食事の後のけだるい虚無感や、この地球上に僕だけしか居ないのだという意識に苦しめられ、又元の平穏な心に戻れる間、動く道路から遠く離れ、草原の中をあちこち歩き回った。

釜ヶ崎詩人

俺は両親というものを知らない。

子供というものが、両親の世界との関わり合いによって、作られて行くものとするなら、俺は何によって、作られて来たのだろう。又、子供というものが、両親から、何らかの相伝を受けるものとするなら、俺は両親から何も相続したものはない。土地も、お金も、家も、教育も。強いていえば、この背の低い、四角ばった頑健な肉体と、人と付合うよりも、いつも何か夢見ている事が好きな性格傾向かも知れない。

俺が物心ついた時、県の養護施設にいた。そこで俺は、一人の保母の愛を、何十人かと争い、その時から俺には、愛とか美しさとかいうものとは、自分の人生は無縁であることが分かっていた。俺は農家に里子に出され、俺の生きる為に課せられた義務は、朝から晩までの畠仕事であった。

二十五の時、俺は養父に、月千円の小遣いを願い出て、養家を追い出され、東京に出て来た。中学卒の資格もなく、身許保証人もない俺にとって、生きる道は、山谷《さんや》に住み、日雇労働者になることだけだった。肉体労働だけが俺の取り柄《え》だった。

俺はその日の仕事が終わると、ドヤのベッドに寝っころがり、自分の両親の事をよく考えた。それが俺のささやかな楽しみであった。俺の両親は、どんな人達だったのだろう。普通の人達には何でもない事が、俺の人生では、その部分が、大きな空白となっており、俺の蓄積されるべきエネルギーが、その空洞の中に、どんどん吸いこまれて行ってしまう。俺の両親は、どんな階層に属し、あるいはどんな職業に従事し、どんどんないきさつから、俺を生んだのだろう。

俺も三十になっていた。人並みに結婚したいと思うようになった。そんな時、毎日通っていた大衆食堂の店員だった妻と知り合った。

色の浅黒い、足の細い女だった。俺達は、隅田川に面した公園で、初めてデイトした。川面から吹きつけて来る風が冷たかった。楽しさや華やかさなど少しもなかった。俺は映画で見るように、この女の子を喜ばせなくてはいけないと考えて、お義理のようにお世辞を言った。女の魅力など少しもない娘だから、俺は安心して、彼女と付合えたのだし、彼女も俺にふさわしい相手だった。

俺達は、近くにアパートを借り所帯を持った。そして道子が生まれた。丸々とした大きな子だった。強くて丈夫で、近所の男の子を泣かして帰って来たりした。この子を見ていると、俺達の結婚は、成功しているように思えた。

道子は俺の膝の上で、一緒にテレビを見ている。俺はテレビに気を取られながら、時たま無意識に、道子の乳くさい体を、両手でしっかりと抱いている。俺には何も無いけれど、このグニャグニャした生き物だけが、俺の唯一つの財産ではなかったのか。

仕事から帰って来ると、
「お父ちゃん、お父ちゃん」

と言って、体をこすりつけて来る。俺は道子を抱き上げてやる。

「道子は、お父ちゃんの恋人みたいだね」

と妻は皮肉を言う。俺は照れくさくなって、

「お前も道子みたいになってみろ」

と、比較にならない事を言って、ごまかしてしまう。道子は首をかしげて、大人の話を聞いている。道子の前には、今何もさえぎるものはないのだ。道子の進むべき道は、このお父さんが、きっと大きく、作ってやるからね。


道子を連れて歩いていると、人の目が違うのに気付いた。いつもなら、うさんくさい物を見るように、俺を避けて行く人もいたのに、幸せそうな美しい中産階級の奥さんが、俺と道子を見比べ、微笑を浮かべ通り過ぎて行った。俺は得意だった。道子と一緒に、スーパーに買物に行くのが、その頃の俺の楽しみだった。

俺も働きがいがあった。高層ビルの工事現場で、シャベルで土をすくう力が、後から後から出て来た。山谷から抜け出したかった。道子の為に、道子が小学校に入るまでに、それが俺の夢だった。


ある夜、仕事から帰って来ると、表通りにパトカーが停り、露地には、近所の人達が集まっている。俺を見て、道をあけてくれる。俺は不吉な予感で、アパートに飛びこんだ。土間には若い二人の警官が立っていた。内職の造花で散らばった四畳半には、蒲団が敷かれ、白くなった道子が寝ていた。

「道子がどうしたんだ」

俺は叫び、枕元にチョコンと坐っていた妻が、

大声で泣き出した。

「お気の毒です。ひき逃げされたのです。只今、警察で捜査しております」

警官が取りなすように言ったが、俺には聞えなかった。

「お前は何をしていたのだ」

俺は妻をなぐりつけ、道子を抱き起した。道子のおかっぱの頭も、小さな手も、だらりと下がり、何の手応えもない。道子はすでに死んでいた。俺は道子の顔に頬ずりし、正気を失ったように、道子の体を抱きしめていた。


あれから、妻とも別れた。道子の為に、二人で貯めた、わずかなお金が、妻との別れの金となった。妻には御本尊様があるからいいだろう。あれも可哀そうな女だ。肉体的な魅力があったら、俺も放しはしなかったし、俺など捨てて、バーなどに勤めれば、気のきいた若い男と、新しい生活を始める事も出来たろうに。

俺は今、釜ヶ崎にいる。昼間だというのに、ドヤの一室で寝ている。働く意欲というものが、全然なくなってしまった。金がなくなれば、又、トラックに乗せられて、どっかに運ばれて行けばいいのだ。

俺は今、道子の事を思っている。道子をひき逃げした奴のことを考えている。道子を殺したのは、もう何年も前から団地の3DKに住み、別荘を持ち、個人主義化した一流会社員かも知れない。道子をひいたと世間に分かれば、補償金で、プーア・ホワイト層に転落するのを恐れ、白い密室の中で、息をひそめているのかも……。

あるいは、近郊農家の土地成金の息子で、キャバレーで酒をくらい、道子を殺した二〇〇〇

ccの黒い乗用車は、広々とした畠道で証拠を落とされ、今頃は、欅林の中の、ぴかぴかしたガレージに、隠されているのかも知れない。

もう考えるのはやめよう。いくら考えても、せんない事なのだ。自分の無力さが悲しくなるだけだ。

道子の写真があったらなあと考える。カメラでさえ、俺の人生には縁がなかった。動物園に連れて行ってやりたかった。

俺は詩というものを作ってみた。道子の記憶を、自分の中にいつまでも焼き付けていたいと、俺が考え出した方法だ。道子　道子と書いていると、道子との思い出が蘇って来る。道子のイメージに即し、それに合った言葉を探し、あてはめてゆく。あの子だけが、俺の人生に、生きがいを与えてくれた、女ではなかったか。でも

道子は、早く死んで、幸せだったかも知れない。
こんな住所不定の父親を持って、嫁に行《ゆ》けなくなるよりは。

俺は釜ヶ崎詩人かも知れない
成功にも
権力にも
何の関係もなかった
百円の雑炊《ぞうすい》で満足し
道子みたいに踏まれて死んで行く
過去に押し潰《つぶ》され
過去を忘れる事が出来ない
過去から抜け出せず
過去にひたり
今は　その過去の中で
生きたいと願う
釜ヶ崎詩人かも知れない

現代山姥考《やまうばこう》

「わしは山姥じゃ。何、この世に、山姥がおるのかじゃと。いるのじゃ。狼もおるぞ。ただ人の目にふれぬだけじゃ。狼も山姥も、一里四方にいる人の匂いを、嗅《か》ぎ分けることが出来る。さすると、わしらは、山の奥深く姿を隠してしまうのじゃ。

じゃが、この頃、わしも年を取ってのう。逃げ隠れするのが、おっくうになった。わしにも、死期が近づいて来たようじゃ。そう思うと、人恋しくなってなあ。わしが何故《なぜ》、こんな山姥になってしもうたのか、自分でも、よう分らんのだが、人に話して死にとうなった。お前は鉄砲を持っておらん。わしと同じ弱者の匂いがする。こわがらんでくれよ。山姥とて、元は人間だったのじゃ。何かの拍子に、森の精気を受けて、山姥になってしもうたのじゃ。

これでも、わしには、一人、息子がおったのじゃぞ。親思いの子でな。わしと一緒に、炭を焼いておったのじゃが、どういう訳か、炭が売れなくなってのう。何十日も汗水たらして作った炭が、町に持って行っても、二束三文になってしまう。わしには、よう分からんが、昔はよく、閉め切った部屋で炭をたいておると、一家全部が死に絶えたものじゃ。わしは、その報いだと思っておる。その内に山の旦那が、木を伐ってはいかんと、やって来た。わしらから、炭を焼くたつきを取ったら、何をして生きてゆけとゆうのじゃ。息子は植林の仕事に使ってくれるとゆうのじゃが、息子はまだ若い。野心もある。こんな山の中にいるのは厭だといって、山を降りて行った。わしにも一緒に行《ゆ》こうといったのじゃが、山家《やまが》育ちのわしが町に住める筈もない。こんな婆《ばば》に執着するなと、きつい顔をして送り出してやった。それが一生の死に別れになろうとは思わなかったからのう。

手紙には、トウキョウにおると書いてあった。何でも、森というものがなく、家がギッシリと建てこんでいて、車というものが、あふれ出るようにわいて来て、狭い道を、無節操に走り回るそうじゃ。

そんな所で、山で育った子が、うまくやってゆけるかと、心配しておったのじゃが、やっぱり、その車の事故の巻添えを受けて、死んでしもうたということじゃ。

わしは悲しゅうて、悲しゅうて、森の中に駆け込んだ。大きな栂《つが》の木の根方に倒れ泣いておると、とても良い匂いがして来たのじゃ。森の精気の匂いじゃ。夫の愛の匂いじゃ。夫は出征する前の日、わしを山の中へ連れて行ってくれた。森を出はずれた斜面になった峠の草原の中じゃった。秋の陽《ひ》が暖かかった。夫はきっと帰って来ると言って、わしを力一杯抱いてくれた。あの時の、身内を走った、ぞっとするような喜びが、又わしの体に起こるのを感じたのじゃ。戦さで死んだ夫が帰って来たのじゃ。わしは辺りを見回した。あの時わしは息子を孕《はら》んだのじゃが、そんな命みたいなものを、わしは又はらみ、全身に力がみなぎるのを感じたのじゃ。

わしは娘っ子のように叫び森の中を駆け回った。もう息切れもせん。髪は真っ白になり、肌は黒ずみ、もうこれ以上出来まいと思われた程、皺だらけじゃったが、わしは、森の中を自由に走り回れる力を得たのじゃ。

おぬし、青い顔をしておるな。その石の上に坐ったらどうじゃ。ようこんな山深い所に来たものじゃな。まさか自殺しに来た訳でもあるまい。ここで死んだら半年は発見されまいぞ。

ほう、森を見に来たのか。山の空気を吸いに来たのか。ははは、その気持ちよう分るぞ。おぬし、わしが何を食べて生きているか、分るか。森の空気じゃ。年を取るとな、食べ物よりも、良い空気を求めるのじゃ。昼なお暗い森と、陽を一杯に吸い込んだ草原《そうげん》の空気を必要とするのじゃ。山の霊気を吸うとな、男は欲情し、女は男を欲しがるのじゃ。もっとも、これは相手があっての事じゃが（山姥は茶褐色になった歯を出して笑った）年寄りはな、ただ年を取らぬようになるだけじゃ。

じゃがこの頃、営林署の奴らが木を伐りくさってのう。山肌を丸坊主にしてしまう。わしの住み家も、食べ物も、少のうなって来た。おぬし、チェンソーの音を聞いたじゃろ。あの音を聞くと不安でならぬ。それに車というものが、こんな山奥の中にも入り込んで来て、あの尻から出る、青っぽい煙を嗅ぐと、その日一日は、気持が悪うなって寝こんでしまう。わしにも寿命が来たようじゃ。わしが死ねば、すぐ狼どもが食べてくれる。こんな婆《ばば》が生きていたという痕跡など、あとかたもなくなってしまう。それで良いのじゃが（山姥は放心したように俺を見た）。お前はわしの死んだ息子に似ておる。何もわしは、息子よりも長生きしたいとは思わなかったぞ」

山姥は自分にいいわけするように、そういうと、腰をかがめ、どこまでも続く原生森林の中に消えて行った。

部　品

長い白昼の一日が今日も続く
五月のまばゆい陽光の下に
僕はただ年を取り　敗残への道を急ぐ
十七のミニ娘の一日にも匹敵しなかった一生
もう　そんな人生などいらない

好きだったあの人は今どこにいるのだろう
今　何をしているのだろう
あなたが去って行ったあの時
僕の青春　僕の時代は終わったのです

明るいデパートの中で
ハンサムな彼と連れ立ち
楽しそうなあなたを見かけた時
僕は新宿通りの雑踏の中に
まぎれこんでしまった
落ちぶれはてていた僕は
もはや　あなたに会う資格などなかったのです

部品が歩いている
いっぱしの自尊心と気どりを持って
部品が歩いている
規格からも　はずされているのも知らないで
「だいぶ年を取っているわね」

新宿駅西口広場で　バスを待つ僕に
真冬の寒風が吹きつけて来る
心の中までしみこむこの寂寥感《せきりょうかん》は
何なのだろう
今日も終わった
超高層のビルは　幾つも
人を威圧するかのように
そびえ立っている

部品になろう
悲しさも淋しさも　超越してしまった部品に
何の感覚もない　何の苦しみもない部品に
そうすれば
僕の手は機械となり
正確に迅速に
期日の迫った仕事を片づけていくのだから

悲しみ

僕は情感を持つ人間ではなかった
詩を作り出す機械
媒介に過ぎなかった
だから僕が失恋しても
それは僕を死に至らしめる
精神がしたのではなくて
詩が失恋してくれたのだ
詩よ有難う
僕の為に死んだ母に対する祈りのように
詩に感謝し
その心を表すには
人知れず涙を流し
自責の苦痛に耐えるしかないのだ

手紙の来《こ》ない人生

手紙の来ない郵便受を
仕事から帰って来た一人者が
いつも　のぞくけれど
手紙が来ないのに
入っている筈もないのだ
でも何度も　すき間から　のぞいて見る
横から　上から　下から

でも何度も　のぞいて見ても
郵便受の底に
うっすらと　ほこりがたまっているだけで
一人者は行為の空しさにやめてしまうのだ

のぞく　その時　何かを期待するのだ
うす緑色に塗った金属製の郵便受が
過密スラムのように　五〇ぐらい並んでいる
１／３ぐらいが　カギ付きで
それが一人者の置かれている
人間関係の不安感を示しているのだ
郵便物が蓄積しているのが見える
もったいない果報者の郵便受もあるし
ダイレクト・メールだと一目で分かる奴が
入っているのもある
そんな時には　さすがに一人者の表情にも
うんざりしたつまらなさが漂うのだ

一人者が　夜　仕事から帰って来ると
いつも熱心に
その一つをのぞいて見るのだ
カギを使わないで　ノゾキ専門だ
カギを開けて何もないと
仕事の疲れが倍加するからだ

この小さな箱の中に
何か一人者の人生に驚愕《きょうがく》を与えるような
喜びや　絶望や　悲しみや　生きがいが
待っているような気がして
一人者は　なかなか郵便受から離れられず
横から　下から
未練気《げ》に　郵便受を　眺めているのだ

故里《ふるさと》恋し

故里に帰りたいと
いつも想う
新宿駅のホームから
通勤の姿のままで
中央本線の列車に乗れば
そのまま　まっすぐに
故里に行けるのに

故里は恋人に似ている
しとやかで清らかで
物深き情愛に満ちていて

激情とやさしさが
交互に襲う恋人同士に

仕事に疲れた時
生きる事に疲れた時
いつも故里を想う
故里なんかないのに

北アルプスの山麓
緑の山々　澄み切った大気
青き空　白樺の香り
見はるかす地平線
どこまでも続く　田んぼの上を吹き渡る風
亡き母の実家の裏口を流れていた
沢蟹のいた清冽な小川
れんげ畠の上で
いとこ達と遊んだ幼き日々

もはや戻らぬ思い出は
失なわれた健康な肉体のように
もはや変えられぬ将来の宿命のように
自分一個の意識の中でしか
細々と孤独に生きるしかない

その思いは淋しく
なくなった未来と共に
それは絶望・死への道だ

失なわれた未来よ　過去よ
また私《わたし》の胸に帰って来てくれ

今日も
生きていても仕方のない
人生の苦痛の中で
故里を
心に描き生きている

城　山

コノ城山
何人の居城ナルヤ
詳ラカナラズ
　——甲斐国志——

山国の寒気鋭く
大地は凍てつき
城山も谷川も山里も
霧もやにおおわれ
夢幻のように
中世のままに息づいている

朝日にはえて
空は高く　青く澄み
今はただ　城山といわれ
村を見下《おろ》し　そびえる山

かや葺きの根小屋の集落を過ぎ
忘れられた山道をたどれば
麓を一条の川筋が
なな目上の太陽に
銀色に光り蛇行している

誰がここに城を構えたのか
地誌もなく　古老も死に絶え
空堀《からぼり》も風雨にさらされ埋もれて
五〇〇年前の中世の面影は
時たま　松の梢をゆるがせて
吹き過ぎる山風のように
ただ訪れる人の
祈りにも似た
はかない幻想の中にしかない

山間《さんかん》猫額《びょうがく》の地を争って
三百余の地頭の兵に攻められて
土豪の一族は自刃《じじん》し
城兵は殺戮《さつりく》され
血は沢を伝わり　白花《びゃくか》を紅にそめ
その無念な魂は今もなお
削平《さくへい》された本丸址《し》の
朽ちれた小祠《しょうし》の中に宿っている

土塁《どるい》の上の枯草にすわると
透けた雑木ごしに
眼下は一望にひらけ
逆光線の黄色っぽい陽光の下に
冬枯れの畠や田んぼがひろがっている

つるべ落としの冬の陽《ひ》は
真っ赤に燃えて西山に沈み
暮れ残る空には
葡萄色《ぶどういろ》の雲がただよい
点在する村里に　灯《あかり》がつき
夕餉《ゆうげ》の支度の
あわただしさが伝わって行く

城山の頂きを吹く木枯しは
ひゅうひゅうと吹きすさび
土豪の館《やかた》や

村里を焼きたてる黒煙が立ち昇り
岩石落としのとどろきが
飛び交う何百という矢鳴りの音が
阿鼻叫喚の喊声《かんせい》が
麓に　三の丸にわき起り
黒い暮色の中に消えてゆく

どこの家でも
電気こたつの火は赤く
団らんの笑い声が
夜の静寂にとけこみ
時の流れの中に
粛然と立つ
月に照らされた城山は
墨絵のように
小さな盆地を見下《お》ろしている

蒸気機関車

緑の山野を
D51が走る
煤煙をまき散らしても
自然は何も言わない
もうそこには人がいないから
過疎の場所は
巨大資本に買収され
やがて観光客が
群がり集まって来るだろう

旅　　人

武蔵野の原野を一人の旅人が行く
おぎやすすきが生い繁り
時には旅人の姿を没し去る
小川が流れている
旅人はかがみこみ水を飲む
澄んだ冷たい水
水草がゆらゆらと揺れ
アメンボが水の上を泳いでいる

旅人は草原の中に寝っころがり
真上の太陽を見る
らんらんと輝く太陽
旅人は草いきれの中で汗ばみ
快い微風に　その身を任せる
旅人は黙々と歩く
太陽を目指し　西を目指して
明るい内に　この限りない原野を
抜け出ようと歩き続ける
沼地がある　足がじくじくと沈む
丘がある
見渡す限りの原野を旅人は見る
風が冷たくなり
草原が一面にざわざわと鳴り騒ぐ
旅人は心細さにふるえる
旅人は歩き始める
灌木の向こうに　太陽が今沈もうとして
赤く輝き燃えている

彼の日に都の幻影が浮かぶ
殿上人の栄華な生活
美しい恋人
いらかを構えた宏壮な邸宅
旅人の目から
人恋しさの涙がぽろぽろと流れる
と旅人は　陰謀　暗殺　落魄《らくはく》と
よごれた地下人の生活が目に浮かぶ
旅人は疲れ　うずくまり眠る

一人の旅人が山道を行く
細々と見え隠れする寂しい杣道《そまみち》
深山は　木の間もれる陽もなく
かさこそと旅人の踏みしだく落葉の音
突然眺望一下　山野は眼前に広がる
旅人は草むらに坐り　双眸を力なく
重なり合う山の彼方にそそぐ
真上の太陽は　限りなく明るく

旅人はありし日の思いにとらえられる
いとしかった妻　平穏であった都での生活
旅人の逞しく日焼けした顔は
自責の苦痛にゆがむ
太陽はすでに盛りの日を失って
ひろがる山谷には
冷々としたうす雲の影がおおっている
旅人は立ち上がり　また黙々と
苔むした暗い山中に入って行く
鹿の群が　前を横切り
いぶかし気に旅人を見つめ
千古のままの栂《つが》　檜　ぶな　ならの木は
蒼古とした腕をひろげ
旅人の前に立ちふさがる
落日と共に　果てしない原生森林には
漆黒の闇がおそい　森や谷間に
狼の遠吠えが　陰々とこだまして
旅人は死ぬ

生長エネルギー

僕と子供達は　ただっ広いお化け屋敷に住んでいた
夏だった
明けっぴろげの家の中を　涼しい風が吹き抜けた

広い庭には　大きなシイの樹が何本も生えていて
家と庭の上におおいかぶさっていた
庭の中には　小川が流れていて
子供達はメダカを取ったり
バチャバチャ水遊びしていた
庭には草がぼうぼう生えて　蚊が大発生した
でも軒に巣くう小鳥達がみな食べてくれて
僕と子供達は大の字になって寝ることが出来た

幽霊が何人も現われて　僕をぞっとさせた
でも幽霊の身の上話を聞くのも楽しかった
幽霊達はみな業苦を背負わされ
その無念さと悲しみで
そう簡単には死に切れなかったのだ
しかし子供達は
僕がやめてくれと頼んでいるのに
僕の言う事など少しも聞かず
棒きれを振り上げて　幽霊達を追い回した
幽霊のいない夜は　かえって寂しかった

冬だった
雪が吹きこんで来て　僕は凍死していた
子供達は　庭と家の中を駆けずり回って
雪合戦していた

蒲団《ふとん》を乾《ほ》して寝てみたいなあ

五階の人気《ひとけ》のない小さなテラスに
陽《ひ》がカンカン当たっていて
蒲団も乾していなくて
陽が殺人光線みたいに
テラスのコンクリートに当たって
コンクリートが乾き過ぎて
割れ目ができるような気がして
陽が無駄に放散しているような気がして
けちくさい　四〇に近い
もう　どうしようもない一人者が
頭をひねって考えて
水道の水が丁度無駄に流れているような気がして
陽の光を何とか貴重に使おうと考えて
蒲団を乾したいけれど
蒲団が煎餅《せんべい》みたいになって

ほこりだらけになっていて
乾して　ぷう～とふくらんで　ほこりをたたいたら
どんなに気持ちがいいだろうなあと思っても
昼間は会社に行かなくてはおかしくなっちゃうし
何とか有効に陽の光を使いたいなあと考えて
朝は出勤準備で忙しいから
夜　くさくなった下着やなんかを洗濯して
夜の内に　テラスに乾すことにした
すると一人者が会社に行っている間に
下着が陽の光をいくらか吸いこんでくれて
陽が　一〇〇パーセント
無駄に放散されることもないだろうと考えて
四〇にも近くなって
こんな事を考えなくてはならない一人者は
もう一生　偉くなれないし
後はもう自殺して
この不自由の絶望をなくすことしか
生きる道はないのかも知れない

ある身障者の愛と夢

その夢があるから
私《わたし》は生きていけるのです
体も財産もない私は
自分の精神を燃焼させなくては
生きてはいけないのです
停滞から飛躍へ
何もない将来を忘れてしまって
まるで　あたかも　ばら色の明日《あした》が
約束されたかのように
錯覚する事によって
生きがいというものは
生まれるものなのでしょうか

その夢が消えたら
私は死ななければならない
生きてる苦痛に向かって
生きてる地獄に向かって

自分の陰鬱な精神の塊と
対面しなくてはならない
これは何と恐ろしく
絶望に満ちたものなのでしょうか
それが自分の置かれている現実であるのに

あなたの愛は私を拒否した
身障者で社会的な魅力など全然ない私には
それは当然の事なのに
出口を失った私の愛は　攻撃的　破壊的となり
自分に向けられ
自分のささやかな夢を　ぶちこわしにかかるのです
それは自分の全存在を否定する事なのに
この愛の苦しみは
こんな夢があるから　おこるのだと
その恐ろしい結末に向かって　つっ走ってしまうのです
そして又　体も財産もない人生に戻るのです
若さを失った精神は
もう　しばらくは立ち直れないでしょう

故里に帰る

生きる事に疲れたら
故里に帰ろう
山ぞいの単線の無人の駅に
一人おり立ち
谷川の音を聴きながら
山にそった道を歩き出すのだ
小さな山の切通しを越えると
両側は畠と田圃ばかりの
長い田舎道が続く

故里は小雨にけむっていた
間近く迫る山々も　霧もやにおおわれていた
誰も迎えてくれる者はいない
誰も私が故郷に帰った事を知らない
それがいいのだ
故里は人に知られず帰るものだ

ひっそりと帰るものだ
どこまでも続いている田舎道から
小川にかかった木橋を渡ると　すぐ
道路から一段低くなった　だらだら坂の下に
かや葺きの大きな家がある
戸口の障子戸を開けると　まっ暗な土間
左手に　馬のいない馬小屋
右手に　だだっ広い部屋に上がるための
子供の背の高さ程もある上がり框
まっすぐ土間をつっきると
ぽっかりと暗闇の中に裏口が見える
その手前に　台所と
一段高くなった囲炉裏のある板の間
その横で各自　膳部を前にして食事をしたものだ

暗い台所で　はいつくばって仕事をしていた老婆が
ひょいと顔を上げ私を見る
いぶかしそうな顔　目が悪くなっているのだろう
「おっ母あ　帰ったで」

「ほう　正次か　よう帰ったのう」
お袋の小さくなった顔が　なお　くしゃくしゃとなって　相好をくずす
私は高い上がり框に両手をつき　四つんばいになって　のぼると
囲炉裏の前に　どっかりと腰をおろす
自在鍵には　鉄鍋がかかっていて　何かぐずぐず煮えている　覚えのある匂いだ
「何を煮ているのや」
私は鍋の木蓋を取り　中をのぞきこむ
湯気がぼうっと顔にかかって　よく見えないが　何を煮ているのか分かる
「あずきや　お前が帰って来ると思うてのう　おはぎでも作ろうと思うて」
「そうか」私はぼんやりとお袋の顔を見る
「兄貴は」「山の畠や」「何を作ってのや」「こんにゃくや」「大変やなあ」
私はごろりと横になり　煤けた高い天上裏を見つめる
――囲炉裏の煙や煤で　この古い家は長持ちするのや――
そんな事を考えながら眠ってしまう
夢現《うつつ》に　お袋が毛布を体にかけてくれるのが分かる
お袋は変わらないなあ　そう思いながら　私は又眠りに入っていった
故里に帰って来たのだ
私の手も足も　指の先までも　緊張がとれて
私は熟睡していった

白日夢

そこには
偉くなれない人間が
ウジャウジャ沢山おりました
みんな自己嫌悪に取りつかれ
頭をかかえて　おりました
みんな背を向け合って
白い壁をにらんで　おりました
そこは病院なのです
みんな考えて　おりました
どうして俺は
偉くなれなかったのだろう　と

そこに大地震が襲って来ました
ビルが倒れ
沢山の人が死にました
魂は
やっと平穏になれました

青春

バルザックは死んだ
頑健な肉体は
原稿用紙の上におっかぶさった
部屋の中には
コーヒーのほろにがい香りが
漂っていた

抱きしめたい程
近《ちか》しかった友達も
結婚するために去って行った
一人は会社の仕事に没頭するために
皆んな　それぞれの生きがいを求め
去って行った
青春　もうそんなものはないのに
もうそんなものはない筈なのに
幻想の二十四の彩りは消えた筈なのに
薄暗い喫茶店で
一人飲むコーヒーは
ほろにがく甘く淋しい

古里に帰って来た

赤い終車灯をつけたバスが
通り過ぎて行《い》った
煌々《こうこう》とした明るい車内には
むんむんする体臭を放った
都会にビルを持つ成功者たちが
がやがや　自慢話に興じ
知的なエリートは
一人静かに　片隅で

物思いにふけっていた
みんな帰って行《ゆ》く
あの赤い点が
遠く見えなくなると
夜の闇が一層　濃《こ》くなるのだ

バス停の外燈が
ぽつんと一つ
村の道は静まりかえって
人っ子一人いなくなって
真っ黒い周囲の山々が
わら葺きの小さな家に
にじり寄るように迫って来て
空一面の星たちが
生き物のように
輝き始めるのだ

おかいこ臭い
むしろ敷きの部屋に
僕は寝ていた
まっ白い肉体のまま死んだ母が
枯木みたいになり
老婆になって
囲炉裏ばたにうずくまり
ほたをくべていた
ほたがはぜ
そのゆらめく火明りの中で
僕は熱にあえぎ
僕のたどって来た
ほの白い夜の道が
消えて行《い》った

さみしさ

遠い　さびし　町にいて
いつも　あなたを想います
今日も　あなたは　頰笑み《ほほえ》浮かべ
周囲の人に
明るさ　やさしさを
与え続けているでしょう

人のいない町にいて
つのる木枯し　戸が鳴って
雪が間近に
一人で生きる　空しさ耐えて
夜空を見上げれば
星は凍《こご》えて　光ります

忘れられた峠

身を引き締めるような寒さだ
東の空が白むか白まない内に
始発の郊外電車に乗る
今日は奥武蔵の
三つの峠を越えなければならない
舗装された村道から山路《やまみち》に入る
水量があふれるほど豊かな小川が流れている

登校する小学生達とすれ違う
ふと人と反対の行動をしているような
不安感に襲われる
桑畑にかかると
山路は急となってきた

顔振峠　虚空蔵峠　山伏峠
この峠の名のいわれが
囲炉裏ばたで
老婆の口から孫達に話されていた時
峠には　しんしんと　雪が降りしきり
森林は　暮色に包まれていた

峠を越える路は
平たくなった頂上で
尾根を走る路と交差する

草むらの中に
道標が半ば埋まり
石に刻んだ文字が
かすかに読める
み　ぎ　なぐり
ひだり　ちちぶ
尾根の路は
雑木林の中に消えていた

妻もない子もない
うらぶれた中年男が
一日会社を休み
峠の斜面の
草むらに埋《うず》もれ
静かな
初冬の陽《ひ》をあびながら

うつらうつら
幻想の中に生きようとする
敗残者の姿は
幸福な
冷たい他人の目をそむけさせた

決して　この峠路を
錦衣燦然《きんいさんぜん》とした官軍が通りはしなかった
稗《ひえ》　粟《あわ》を喰《く》らい
逆落としに老醜の道をたどった
村人が一人
腰をこごめて歩いた
そうすることが
毎日の激しい労働の
肉体的条件を作り出すかのように
この老人にも

若い時には
村娘の白い太ももに
生きる時のときめきを
感じたこともあったが
今はそれは遠い昔のことだった
山窩《さんか》の家族が四、五人
子供達は先になり後になり
赤とんぼを追いかけ　ぐみの実を取って食べた
母親の背にくくりつけられた幼児《おさなご》は
空の青さに
上機嫌に　両手をふり
首をのけぞらせ
歯のない口を開けて笑った
彼らは山伝いに伊豆の国へ行こうとしていた
平安時代には
刀つき矢折れた落武者主従が二人

山の斜面の森林の中に
小屋がけし　焼畑《やきはた》を作り
ひっそりと隠れ住んだが
ある年の秋
わずかな収穫物を争って
刀を切り結び死んだ

この峠路を歩いた人々の痕跡は
今はあとかたもない
人々は自動車に乗り
麓に沿《そ》った道を通り
トンネルの暗闇を抜け
県境を越えた
峠は再び
中世の奥深く
喰いこむかとも思えた

忘れられた峠
遠く消え去って行った人々
あなた達は今どこを歩いているのだ
追い求め　追いすがろうとしても
峠の上の白雲《はくうん》のように
時間は悠久と流れ去って行った

風は冷たく
太陽が沈む時
峠を越える人々は
無気味そうに　あかね色の空を見つめ
山路を下って行った
すでに周囲の山々は
黒々とした稜線をつくり
無言の重圧を増していた

懐中電燈をつけ
足元を照らしながら
尾根の路を歩く
月が出ているが
雑木林の中なので
よく分からない
孤独だが　新宿には
電気こたつの赤く輝く１ＤＫがある
帰ったら風呂に入ろう
この暗い山中に
一人取残され
赤い終車灯をつけたバスが
村を後にしてしまうのを恐れ
目は遠く暗闇の中の
麓の村の明りを探している

時代伝奇　忍家《おしけ》の姫君

（一）

足利幕府、文明十八年の秋、ここ武蔵国埼《むさしのくにさき》玉郡忍《たまぐんおし》（現・行田市）の地は、二、三年来、兵乱の舞台ともならず、台風や洪水の天災もなく、見渡す限り続く黄金色の稲穂が、利根川を渡ってくる湿った風に、重く物憂げに揺れていた。木切れで作った鳴子が、時たま思い出したように、所々でガラガラと鳴った。田圃の隅の藁小屋に、寝たっきりの老人が、弱々しい目を外に向け、鳴子の綱を引いていた。空には鉛色の厚雲が低く垂れ込め、まだ午後三時ころのはずなのに、暮色のような暗い帳《とばり》が、忍の地一帯を支配していた。

　それは何か暗示的に、今の忍の領土を支配している陰鬱な、ただならぬ気配でもあった。忍の館は、二町四方の小高い土地の周りを、忍川や沼をめぐらせ、外部とは、木橋と土橋によって連絡していた。十幾つかの米蔵が立ち並び、厩《うまや》や家士の長屋が続き、その奥に、忍の領主の館《やかた》が、欅や檜や桐の樹林に囲まれて、ひっそりと見えていた。この忍の館を、密《ひそ》やかに訪れた扇谷《おうぎがやつ》上杉家の使者があった。忍家とは、祖を同じとする児玉高春《たかはる》である。彼は熱弁を振るい、情理を尽くし、忍家が再び扇谷上杉氏の傘下に入ることを請うた。

　そのころ、武蔵国は、三年間の平和な均衡が破れ、またもや動乱の不安な前兆におびえていた。扇谷上杉家の家宰《かさい》（執事、家老職に当たる）、江戸城主、太田道灌《どうかん》が、その主君、扇谷定政《さだまさ》に、相模国糟屋《かすや》の定政の居館において惨殺されたのである。道灌の嫡子資康《すけやす》は、その報を聞くや江戸城を逃れ、甲州に出て、そこで暫く様子を見た後、鉢形城《はちがたじょう》にいた山内顕定《やまのうちあきさだ》の陣営に走った。

道灌傘下の多くは彼と行を供にした。山内、扇谷両家とも、関東管領《かんとうかんれい》職を世襲する上杉氏の分脈である。それぞれ鎌倉に邸宅のあった地名を氏《うじ》として、他の流れと区別した。元来、この二つの上杉氏は、相緊密に連携し、協力し、関東地方の争乱に対処してきた。それが何故、このように対立するようになったのであろうか。

足利尊氏は、京都に幕府を開設するに当たり、関東地方を重視し、その長官として、自分の長子、二代将軍義詮《よしあきら》の弟・基氏《もとうじ》を関東公方《くぼう》として据えた。そしてその補佐官、鎌倉府の執事として、尊氏の母・清子の兄の上杉氏の家系にその世襲が任された。三代持氏《もちうじ》の時、関東地方には鎌倉時代からの豪族が多く、関東公方の命に従わないため、持氏はその討伐に明け暮れていた。

室町幕府は、それを、持氏の将軍になろうとする野心と警戒していた。持氏の関東管領（執事）山内憲実《のりざね》は、幕府と鎌倉府の対立を和らげようと努力していたが、持氏が憲実を討とうとしたので、憲実は鎌倉から、領国の上野《こうずけ》平井城に逃れ、急を幕府に訴えた。幕府は討伐軍を派遣し、持氏を滅ぼした。これが「永享の乱」である。

その一年後、持氏の遺子、春王丸《はるおうまる》、安王丸《やすおうまる》が結城氏朝《ゆうきうじとも》に擁せられ、下野《しもつけ》結城城に兵を挙げたが鎮圧された。山内憲実は主家を滅したことを苦にして幕府に願い出て、京都にいた持氏の遺子、永寿王丸《えいじゅおうまる》を関東公方として迎えた。これが後の成氏《しげうじ》である。

しかし成氏は長ずるに及び、亡き父の遺臣を重用し、関東管領山内憲忠《のりただ》（憲実の長子）と対立、誘殺した。山内憲忠の家宰長尾景仲《かげなか》は上野白井城に、扇谷上杉持朝《もちとも》は川越城に、一旦退いて、幕府の征討軍を待って、成氏を鎌倉から下総《しもうさ》の古河《こが》城に追いやった。

以後、成氏は、利根川・渡良瀬川・荒川を国境として、下野・下総・常陸《ひたち》の豪族を背景に、古河公方となった。そして相模武蔵上野国《むさしこうずけのくに》は、関東管領山内上杉氏と、傍流の扇谷上杉氏の協力体制によって守られた。

しかし、やはり古河公方に対抗するためには、大義名分というか、幕府の認めた正統な公方が必要となり、時の将軍、足利義政《よしまさ》の、僧となっていた弟を還俗《げんぞく》させて、政知《まさとも》と名乗らせ、伊豆国堀越に入って、堀越公方とした。

ところが、肝心の山内上杉家の内部に紛争が生じた。山内顕定の家宰・長尾景信が死に、顕定は景信の弟で、上野の惣社《そうじゃ》長尾氏を継いだ忠景に家宰職を命じた。これに不満を持ったのが、景信の嫡子、父の白井長尾氏を継いだ長尾景春である。大体、山内の家宰職を襲うものは、長尾氏の宗家と見られた。

白井《しろい》長尾は惣社長尾より家格が上で、相続した土地も、それに付随する兵力も多く、長尾景春は反乱の兵を挙げた。彼に付随する国人層（小領主在地武士層）は多く、七年もの間、古河公方成氏の勢力とも入り乱れ、関東地方は争乱の巷となった。この鎮圧に、大きな働きをなしたのが、扇谷上杉家の家宰、太田道灌である。

文明十二年六月、太田道灌は秩父日野城に篭る長尾景春を攻め、景春は逃れて、古河公方成氏に頼り、ここに景春の乱は終わった。文明十四年十一月、山内顕定の父、越後守護上杉房定《ふさただ》の仲介によって、幕府と古河公方成氏との間に和睦が成立し、一見、武蔵国には平和が訪れたようにみえた。

しかし太田道灌は、いずれ争乱の舞台は必至と見て、川越城と江戸城を修築し、兵馬の訓練を欠かさなかった。道灌の声望は日に日に高く、相武の在地武士層の信頼は彼に集まっていた。それとともに、扇谷上杉家の勢威も高まり、それは宗家山内上杉氏をもしのいだという。これを快く思わなかったのは、山内顕定と扇谷定政である。

一説によると長尾景春と太田道灌は、両上杉氏にとって、将来の禍根となるから、二人は謀議して、山内は景春を、扇谷は道灌を取り除くことを謀ったという。扇谷定政の書状に、道灌は城を堅固に構え、山内顕定に対し不義の企てを謀ったので度々注意したが、聞かないので殺し、山内顕定に報告したとある。結局、道灌が在地武士層の支持を受け、次第に強大になっていく。その力が、ちょうど長尾景春の乱が、主君の山内に向けられたように、自分に向けられるのを恐れたともいえる。しかしここに定政の、裏切りの恐怖にゆがんだ誤算があった。

太田道灌は、生まれた時から、扇谷上杉氏の家宰、太田道真《どうしん》の嫡子として、生涯、扇谷上杉家の家宰として生きるように運命づけられていたといってもよい。その家宰職としての役割から、相模武蔵国の小領主在地武士層の訴えを開き、その領土の保全を、主君扇谷定政や関東管領職たる山内顕定に、安堵されるように取り次ぎ、取り計らい、その感謝の見返りとして、彼らの兵力を自分の傘下に組み入れていった。

だから道灌の信望も実力も、扇谷家あっての、それであった。彼は決して、北条早雲のような、失敗すれば全て無というような一匹狼的存在ではなかった。

太田道灌亡き後の扇谷家は国人層の支持を失い、それとともに、山内家が昔日の勢いを取り戻し、扇谷定政を軽んじ、併呑するような態度さえ見せるようになった。扇谷定政としては、それは面白くなかった。今まで古河公方成氏や長尾景春の乱に、十歳年下の顕定の後立をしてきたのも、山内家大事、宗家大事と、その盛立てに協力してきたのである。太田道灌を殺したのも、その責任の一半は、山内家のためであった。

扇谷定政が、自分の所領について、山内家家宰、長尾氏の半分にも満たないと嘆いている。また山内家と対立したことについて、「かまきり（扇谷家）が、その斧を持って、車（山内家）の通行を妨げるのに等しい」と言っている。定政は、扇谷家の退勢を防ぐために、まだ旗幟を鮮明にしない国人層に使者を送り、勢力挽回に努力していた。

（二）

忍大掾義行《おしだいじょうよしゆき》は老《お》いを感じていた。もう齢《よわい》五十である。身にまとう甲冑も、馬上から振りかざす太刀にも、息切れするような重さを感じていた。彼は時たま、自分の守らなければならぬ土地の広さに、慄然とすることがあった。

北と南は、利根川と荒川に守られ、西は山内家の重臣成田氏がおり、東は今は扇谷家に属している須賀氏がいた。彼は十五年前の、近辺の小領主層と語らい、北武蔵一揆を形作り、ある時は、古河公方側に付き、ある時は関東管領方に付いて、変心自在に身を処して生きていた時代を、懐かしく思い出すのだった。

しかし年が変わるごとに、小領主層達は、ある者は滅ぼされ、ある家は相続争いで分解し、強大な守護領主層の家臣団に編成されていった。そして忍大掾義行も、太田道灌に付いて、領土の保全を図ったが、五十子《いかっこ》の戦陣において、二人の息子を戦死させていた。まだ二十にもならぬ、どうしても忍家の跡を継がなければならなかった、子供達であった。

これだけの犠牲を払い、今、自分が得ている物は何であろうか。相も変わらぬ、守らなければならぬ広大な土地の広がりであり、武蔵国の秩序の要《かなめ》となっていた道灌の無惨な死であり、自分の老いた肉体であり、自分の後に付いてくるべきはずだった二人の息子と同じように、戦死した多くの若者の、覇気に満ちた兵力の減少であった。大掾の疲れた頭からは、これら緊急を要する対策の案が、少しも生まれてこなかった。義行は持仏堂に篭り、思い悩む日が多かった。

「お父様、お茶を持って参りました」

蔀《しとみ》の外で、娘の小夜《さよ》の声がする。大掾の顔がほころんだ。

「おう、入れ」

障子戸を開けて入ってきたのは、花模様の着物を着た、今年十六になり、大掾の手許には今は一人しかいなかった愛娘であった。

「お父様、お機嫌はお麗しゅうございますか」

「おう、良い良い」

大掾は目を細めて娘を見る。近頃めっきり女らしくなって、母親にそっくりであった。今から思えば、この小夜の母が生きていたころが、わしの一番良い時代じゃった、と大掾は思った。悔恨も苦悩も知らず、ただがむしゃらにこの娘《こ》の母親を力ずくで犯して生まれたのが小夜であり、またそのころが、覇気に満ちた彼の時代でもあったのだ。

「お父様、このような暗い所にお篭りになって、お体に障りませぬか。小夜はそれが心配でなりません」

幼女のころの記憶がまだ残っている娘が、この小夜の母親のように、やさしく親思いに成長しているのが嬉しかった。

「大丈夫じゃ、小夜、わしは殺されても死ぬような人間ではないぞ」彼は小夜を元気づけるように笑った。そして小夜の持ってきた茶をうまそうに飲んだ。

大掾の視線は自然と娘の上に行ってしまう。着物の上からも、それと分かる胸のふくらみ、このころとみに大きくなった腰部、長く伸ばしたふさふさした髪は、背中の後ろまで垂れて束ねている。頬から首筋にかけて、つややかに丸みをおびた肌が、張りを持って胸元に続いている。

黒い聡明な目は、心から父親の身を案じ、やさしくうるんでいる。母親にそっくりだ、大掾はまた思う。この娘の母親を殺したのは、わしなのかもしれぬ、と。告発の鋭い矢が自分の胸に突き刺さるのを大掾は意識した。この娘は、母親の慈愛を知らぬ、小夜の下の妹をはらみ、それがもとで死んでいった。

都で育った女にとって、子を生むことは、自分の生涯を懸けたものであったのかもしれない。死ぬ時、当時三つだった小夜の身を気遣い、妻は何度も何度も大掾に、小夜のことを頼みながら死んでいった。大掾はそれを気にしながらも、二百の部下を連れ、戦乱の武蔵国や上野の各地を飛び回り、忍の館を留守がちにしていたが、一族の寡婦だった雲子を館に上がらせ、小夜を育てさせた。

小夜は雲子に母親のようによくなつき、病気もせず、美しい少女に育ってくれたが、大掾は小夜を見るたびに、自分が作り、陥れた小夜の母の運命への償いを、小夜を優れた男に嫁がせ、その幸福を見ることによって果たしたいと考えていた。

太田道灌の嫡子、資康はその時十八歳、父親の血を受け、爽颯とした眉目秀麗の青年武将であった。彼は資康を見るたびに、自分の死んだ子供が生き返ったのを見るように、まぶしく思った。部下というより、太田道灌と同僚のような立場にいた忍大掾は、すでに道灌の口から、大掾の娘を資康の妻として娶る、という約束を得ていた。

しかし突然の道灌の横死は、大掾の全ての計画を目茶苦茶にしてしまった。資康は山内上杉氏に走り、大掾は決して山内上杉氏の傘下に入れぬ理由があった。それは隣地の成田氏との、土地の境界をめぐる長年の確執のためであった。資康よりも、もっと良い婿を探さなくてはならぬ、大掾は近頃はそのように思っていた。小夜は何も知らず、あどけなく少し首をかしげ、父親を見つめている。

「お父様、信濃のお姉様からお手紙が参りました」

「そうか」

「元気でいるそうでございます。もしかすると赤子ができるかもしれないと書いてありました。それに、お父様はお元気でいるかと心配もしておりました」

小夜は早口に興奮した心の内を父親に告げたがった。

「そうか、子供が生まれるか」

大掾は、沈思するように目をつぶった。姉とは、前妻の子で、小夜とは異母姉に当たっていた。

（三）

小夜が初めて姉の存在を知ったのは、いつのことだったのだろうか。子供の時に、おぼろ気に、兄から姉がいると聞かされた記憶があったけれど、これほど身近なものとして意識されたのは、やはり二人の兄が死んだ精神的な痛手のためだった。

二人の兄が、わずかな手勢を連れて烏川近辺に偵察に出た時、古河公方成氏の兵に捕捉、殲滅された。戦死の報が忍の館にもたらされると、その悲報は、館全体を悲嘆のどん底に突き落とした。そして無残に切りきざまれた二人の兄の遺骸が荼毘《だび》に付され、白い煙となって空に昇っていくのを見た時、小夜は気を失った。

いつも自分の周りにいて、時たまからかわれて涙ぐむと、ごめんごめんとやさしく背中を抱いてくれた。その兄達は、もうこの世にいない。そんなことは、とても小夜には信じられない。それから十日余り、小夜は床から離れられなくなっていた。やせてやつれた小夜を心配して、雲子がふともらした姉の存在が、また小夜の若い体に生きる力を与えたのであった。

「何故、今まで教えてくれなかったの」

小夜の涙に濡れた瞳は、非難をこめて雲子に向けられた。

「私は小夜様が、とっくに知っておられると思いましたのに」

「いいえ、私は何も知らなかった。お父様も何も言わなかったし、お兄様達も別に……」

小夜の眼は、兄達との生活を追想するようにうるんだ。

「そのお姉様という人は、お兄様とはどういう関係になるの」

「お兄様達の姉に当たるのですよ」

「そうすると、お兄様達のお母様の子供になるのね」

「そうですよ。小夜様とは何でも年が十歳くらい離れているそうでございます」

でも小夜は最初、不思議でならなかった。何故たった一人の姉が、北信の豪族とはいえ、この忍の地から十日もかかる雪深い田舎に嫁がなければならなかったのか。

その家が、お母様とは遠い姻戚関係にあるとは聞いていたけれど、この武蔵国の隣の大里郡や男衾《おぶすま》の家に嫁いでいれば、小夜は今日にでもお姉様の所に遊びにいけたのに。本当はその納得のゆく答えを、父から直接聞きたいのだけど、父はほとんど館にいなかったし、戦場から帰ってくると、時には具足を着けたままで、執事や村の長達と遅くまで協議し、命令する忙しい父の姿を見ると、小夜は自分の考えていることが、ひまな女のいけないことのような気がして、聞きそびれてしまうのであった。

それで、いつも一緒にいる雲子に聞いてみるのだが、何しろ、もう十年以上も前の話だし、姉が嫁ぎ、母が死んでから、雲子は小夜の乳母として館に上がったのだし、噂程度に小夜の母や姉を知っているに過ぎない。ただ雲子も一度だけ、姉や小夜の母の姿を見たことがあった。

父のお祖父様《じいさま》が死なれたお通夜の時、そのころ嫁入りして二年くらい経っていた雲子が、館に臨時に手伝いに上がったのである。お祖父様の納棺された仏壇の上には、何十本という蝋燭がゆらめいて、昼間のように明るかったが、十月の夜更けの冷えた夜気が、広間の板の間の隅々に暗闇と一緒に漂い、弱まった虫の声が細々と聞こえていた。その仏壇の前で、薄縁《うすべり》を敷いて、小夜の母とその時十三だった姉が向き合うように坐っていたという。

雲子から聞いたこの話が、小夜にとっては、自分の母と姉を初めて垣間見る姿であった。そしてこの他には、姉や母の思い出を伝えるものがなかっただけに、小夜はいつもこれを心の中に大切にしていた。でも小夜が、この映像を心の中に思い浮べる時、いつも漠然とした疑問が起こるのであった。

それは向き合って坐っていたという二人の女の姿勢が、小夜には不自然に感じられたのだ。もし私が姉だったら、母に寄り添うように坐っていただろう。あるいは母の膝を枕にして、うたた寝していたかもしれない。血の繋がらない母と子は、その時、息がつまるような、どちらも相容れない、必死の対決の思いを込めていたのではないだろうか。

それでお姉様は、忍の館におられなくなって、自ら進んで遠い信濃国まで嫁がれていったのではないだろうか。可哀想なお姉様。その時お姉様は、生まれ故郷を離れる寂しさで泣いていたに違いない。ちょうど、今の小夜がお兄様を亡くして悲しくてたまらないように。でもいくらお姉様が自分から嫁ぎます、と言い出したとはいえ、その縁談を持ち出したのは、母であったということであり、十三だった姉の心をそれほどまでに追い詰めた母の心には、小夜には想像することさえ恐ろしい何か深い企みがひそんでいるように思われた。

十六の小夜の頭では、その答えは、なかなか見つからなかったけれど、その時、自分が三歳くらいであったということを知った時、そしてすでに母が、自分の妹を身篭っていたことを知った時、小夜はおぼろ気にも、その答えが分かったような気がした。

でも、それを口に出すのが恐かった。今まで母を、何のけがれもない、この広い武蔵国の空に浮かぶ白い春の雲のように美しい人と想像していたのに、そしてよく母を知っていた人から、「お嬢様は、お母様にそっくりでおられる」と言われるだけに、そんな母の血を引く自分がうとましかった。

それに代わって、母の陰謀に陥れられた姉への懐しさが、姉が生きているだけになおさら強く、小夜の心を切なくさせるのである。「お姉様に会いたい」小夜の願いは日ごとにつのり、見かねた雲子が「お手紙を出したら」と助言してくれて、小夜の初めての姉宛の手紙が、上野の碓氷《うすい》の峠を越えて、信濃国へ届けられていった。

そして姉の返事が、はるばる十日もかかって、小夜の下《もと》に届けられた。小夜は姉の手紙を見つめている内に、涙が流れてならなかった。母の愛を知らぬ小夜は、初めてそこで母の胸に抱かれた時のような心のぬくもりを感じた。

その手紙には、小夜の母を非難したり、小夜を自分の妹とは認めない、といった小夜の恐れる言葉は少しもなかった。かえって、弟達の戦死に涙し、父の健康を憂い、自分を慕うまだ見ぬ妹に対し、姉らしいやさしい気遣いを示していた。「お姉様は私を憎んではいない」そういう姉の心を知ったことは、今の小夜にとって救いであった。

小夜は何度も姉に手紙を出した。そしてその返事を待ちこがれ、また手紙を書いている内に、小夜は元のおしゃべりで、心も体も軽い、明るい少女になっていったのである。今日も父と会った後は、小夜は楽しくてたまらない。笑顔が自然にこぼれてしまう。

雲子が「まあ小夜様は、今日は何故そんなに楽しそうなのでしょう。何かいいことがあるのですね。何でしょう。雲子にも少し分けて下さいませ」とからかう。「ううん」と小夜は少し首をかしげ、自分の心を推し量ろうとするけれど、よく分からない。

「今日はお父様が館におられるし、空は晴れているし、秩父の山や、お姉様のおられる信濃国の浅間山も見えるし、それから……」小夜は何故、今日こんなに楽しいのか、もっと深く考えてみようとする。でもやはり分からない。お姉様の手紙に、武蔵国が平和になったら、暖かい春や夏に、北信に遊びに来なさいと書いてあったからかもしれない。そうだ、小夜にもお姉様に会えるという夢ができたのだ。その夢が、小夜をこんなにも明るく、朗らかにさせるのかもしれない。

でもそんな時でも、小夜は決して死んだ兄達のことを忘れはしなかった。そして姉のことに夢中になっている自分の心が、いけないような気がして、すぐ兄達の位牌の安置されている奥の仏間に駆け込んでいく。そこは昼間でも戸が閉められ、黴臭い空気がよどんでいる。ただ兄達や母や祖父の位牌の前の四本の蝋燭の灯が、生き者の目のように輝いている。その前に小夜は坐り、両手を合わせ、兄達のことを忘れていた自分の心を詫びるのである。

でも小夜は、自分の部屋に閉じ篭るのがいやだった。死んだ兄達との思い出が、彼女を切なく苦しくさせたし、姉と会えないいらだちが、周囲にいる女中達に反映し、彼女達を怖がらせた。小夜は特に冬の日の寒い、曇り日の、午後三時ころが一番嫌いだった。

　そんな日は厚い暗雲が忍の空いっぱいに覆って、うっとうしい気持ちにさせる。そしてそんな時は、大抵父も手勢を連れて、領内見廻りに出て、留守で、館は無人に近かった。まだ、夕食の支度も間遠く、女中達も自分達の部屋に引き篭り、廊下を歩く音も密やかに、ひっそりとしている。

　本当は、小夜は賑やかなことが好きだった。父が館にいる時は、広場では兵馬の訓練が行われ、汗にまみれた調教の声が小夜を楽しませたし、荷を積んだ牛車が、車軸の音をきしませて、何台も橋を渡り、館の門を入ってきた。兄達が生きていた時は、鬼ごっこをして、兄に追い掛けられ、小娘みたいに奇声を発し、笑い、逃げまどい、後から雲子に叱られた。

　小夜は兄達に異性を感じていたのかもしれない。小夜の知っている若い男といえば、兄達しかいなかったし、兄達が甲冑を身にまとい、やなぐい（矢を入れる道具）を負い栗毛の馬に乗り、広場に整列した兵に交じって、館を出てゆくのを見送る時、小夜は兄みたいな男になって、水濠に囲まれた狭い忍の館を出て、見はるかす武蔵の原野を思い切り、馬を走らせてみたいとも思うのであった。

　しかし姉の存在が、小夜に生きる力を与えたとはいえ、兄達の死を境として、はっきりと小夜は、考え深い陰気な少女になった。前のように、心からの明るい少女にはならなかった。

　自分はもしかすると、忍家の後継になるのかもしれない。自分の行動が、周囲にいる人達に、明るさや暗い波紋を呼び起こし、それは忍家全体の評価となって、世間の目に映るのではないのだろうか。私がいつまでもお兄様の死を悲しみ、毎日めそめそしていたら、お父様をはじめ、雲子や奥の女中達に迷惑を掛けることになるのではないか。小夜の心や態度は、すぐ周囲にいる人達に反映し、小夜の心は私一人のものではないのだ。

そう思うと小夜は、兄達の死を忘れたように、毎日努めて明るく振る舞うのであった。

（四）

忍大掾義行は、いつも娘の小夜を見る時、胸の奥を走る痛みがあった。美しい娘であった……と思う。それまで田舎育ちの女しか知らない大掾にとって、小夜の母を初めて見た時の驚きは、今でも心の中の記憶にあった。小夜の母は美穂といって、流浪貴族の娘であった。「応仁の大乱」は、京都を焼け野原と化し、生きる糧《かて》を失った貴族達は、かつては自分の領地だった所の領主を頼って、地方へ落ちていった。

美穂の父、四位殿も、二条流の歌学を地方の豪族や土豪の子女に教えながら、その家に寄留し、細々と生計を立てていた。時には田舎の大臣《おとど》達が、のどから手の出るほど欲しがる官位を、朝廷に仲立ちして、金で買ってやったり、やはり田舎人士達が憬れ、知りたがる京の都の有様を話し、結構、地方の領主層には、その存在を喜ばれていた。

そして忍家にも、わずかな知己を頼りに立ち寄ったのである。その時、忍家の当主は義行の父、宗久《むねひさ》であった。宗久と美穂の父は、年の頃も同じであったし、宗久が若い時に、京都に二年間いたこともあって、すっかり話が合い、美穂の父はその後六年間、死ぬまで忍家の客人として逗留することになった。

美穂は、その時まだ十三歳、子供子供した、おかっぱ頭の少女であった。いつも父の後ろに膝をそろえて静かに坐っていて、黒く聰明に輝く目で、相手を何の邪気もなく真っすぐ見つめる素直な少女であったが、義行と視線が合うと、おかしくてたまらないように下を向いた。そこには何か、武骨な義行を田舎大将と揶揄して出てくる笑いを必死に抑えているような小生意気な少女に、義行の目には映った。

その時義行は、もうすでに結婚していて三人の子がいたが、妻は亡くなっており、いなかった。それは三年前、義行が父と共に武蔵の府中に扇谷家の一軍として出陣していた留守の時、利根川を渡ってきた古河の別動隊によって、忍の地は蹂躙され、三人の子はわずかな守備兵に守られて逃げたが、妻は雑兵に連れ去られ、それ以来妻の消息不明であった。しかしそれは、戦争時の常であり、もはや義行にとって妻はいないも同じであった。

義行はあまり女に興味がなかった。一般にこの時代は一夫多妻制度で、財力のある男なら何人でも妻を持つことができた。義行がその気になれば、すぐ彼の意のままになる娘が、領下の村にはたくさんいた。義行にとって女とは、生理現象としての一瞬の快楽と、子を生ませるための道具でしかなかった。戦乱の小領主にとって、必要なのは領地を守る兵力と、それを統率し、四囲の状勢を的確に判断できる武将としての知略であった。

その点を義行は、父・宗久から、子供の時から戦場に連れ出され、教え込まれた。義行の逞しい腕は、襲いかかってくる敵兵を何人も切ることによって養われた。義行は女を肉欲の対象としか見なかった。女との愛に溺れ、自己を失うことは即ち、武将としての資格を失うことだと思っていた。美穂を初めて見た時、領下の村娘とは違う気品のある美しさに心魅かれたが、客人に対する節度は守っていた。

義行が出陣から二カ月ぶりに忍の館に帰ってきて、宗久が慰労の宴席を張ってくれた。何カ月も汗や泥にまみれ、苦痛を忍んだ部下達も、陽に焼けた赤銅色の顔や髭面《ひげづら》をそのままに、広間に居並んで、初めこそ遠慮がちに膝に手をついてかしこまっていたが、盃《さかずき》を何杯も重ね、酒が体内を走る宴も半ばになると、放歌高吟、灯台の明るい瞬きにも負けない無礼講となった。

義行も酔って疲れて赤く濁った眼が、はす向かいに坐っている美穂の姿を捉えた。白っぽい花模様の着物を着た十七歳の彼女は、輝くように美しかった。相変わらず四位殿の隣に坐り、膝に手を置き、きちんと正座していたが、その怜悧な目は、面白くてたまらないように機敏に宴席を動き回り、白い頬に微笑をたやさなかった。

ふと、その目が義行の視線に触れた時、美穂は込み上げてくる笑いを抑えるように下を向いた。事実その時、誰でも義行の顔を見たら、笑いを抑えることはできなかったろう。ごわごわした髭をはやし、何カ月も夏の草むす戦場で野営していたために顔の皮膚がむけ、酒の赤みが黒くなって吹き出している。

しかし二カ月余りの戦場での苦痛を忍んだ義行の胸中には、忍家は自分の力で持っているという自負があった。いくら貴族の娘とはいえ、いわば居候の小娘に嘲弄されたように感じられ、義行の神経にさわった。義行はすくっと立ち上がると、配膳をまたぎ、姫の前にどっかりと腰を下ろした。

「姫、この義行に酌をして下さらぬか」

義行は傍らにあった四位殿の盃を取ると、姫の目の前にぬっと太い腕を差し出した。美穂はおびえたように目を見開き、義行を見つめていたが、助けを求めるように父親に目を向けた。娘を助けるように四位殿が言った。

「義行様、お許し下されませ。この娘《こ》はまだまだ子供でおじゃるほどに、そそうがあってはいけませぬ。代わりにこのじじに、ふつつかではございまするが、酌をさせて下さいませ」と、徳利を向けた。正面席の宗久も、「義行もう酔ったのか。今宵は楽しかるべき祝宴ぞ。無体なことをしてはならぬ」といさめた。その声には義行を抑えつけるような威圧があった。

義行は、はっと我に返り、四位殿の盃を受けると早々に自分の席に戻った。美穂は父から言われたのであろう、いつの間にか宴席にはいなくなっていた。しんと静かになり白けきった席は、また元の騒々しい宴席となったが、義行は自分の今受けた屈辱を忘れるように酒を飲んだ。

その眼に今年八つになる娘と息子が、賑やかな席に刺激されて、宗久の膝の上で騒いでいるのが見えたが、子としての愛情は少しもわかず、今見た美穂の白い体に対する欲望に彼の心は裂かれていたのである。

（五）

忍家の兵は、大部分が農兵であった。農民を、にわか仕立てに兵隊にして戦争に駆り出した。専門的な兵は五十人もいなかった。

忍の地はしばしば水害に見舞われ、一夜にして美田が沼沢地と化すことがあった。ふっくらした弾力のある緑田が、大きな石がゴロゴロした河原みたいになってしまう。石を取り除くには、人手がたくさんいった。しかし忍の地は、慢性的な人手不足に悩んでいた。戦死者が出ると、その補充ができなかった。

戦争は、領主達の保身と権力争奪の欲望のぶつかり合いで、果てしなく続いた。生まれてくる赤子は、飢えと親の意思によって死んでいった。娘は侵入してきた雑兵に犯され、子供を生んだが、育つのはまれであった。農民は田んぼを耕さなければならなかったし、戦争に駆り出され、敵方になった兵隊を殺さなければ自分の命が落とされるのである。全てが地獄であった。

（六）

成田親泰《ちかやす》は、二十五歳の野心に満ちた幡羅《はたら》郡上之の領主であった。浄土宗にこり、諸国行脚に熱中して領土経営を放棄してしまった父・顕《あき》泰《やす》の跡を継ぎ、領主の権力を握った彼は、ほとばしるような野心の奔出の捌け口を、自分の領土の隣に面している忍の地に向けたのである。

自分の領土に匹敵する広大な土地が、室町幕府の遺物のような、老いぼれの将軍にゆだねられているのが我慢ならなかった。しかしこの老いぼれは、戦《いくさ》上手として有名であった。へたに戦さを仕掛けたら、虻蜂《あぶはち》取らずになる。そこで彼は奸策を弄し、密偵を何人も放ち、忍家の内情を探った。そして忍家には、この世のものとも思われない、美しい十六歳になる一人娘がいることに、ある考えが浮んだ。

その時、山内家と扇谷家とは、まだ和親関係にあった。そこで領家山内家から手を回し、小夜姫と成田家との婚姻を申し入れたのである。しかしそれは、ていよく断られてしまった。自尊心の強い血気にはやる親泰は、烈火の如く怒《いか》ったが、その怒りは日を追って沈潜していった。が、その炎は決して消えたのではなく、胸深く、執念深く、緻密にその復讐が計画されていったのである。

彼は忍の一人娘が欲しかったのではなく、忍の領地が欲しかった。領主は女に不自由はしなかった。欲望を満たした後は、どんな娘も同じであった。しかし土地は違った。そこから上がる年貢や、領民の生殺与奪の権は、領主の地位を永久に確保する第一条件であった。

成田家は領土の減少に悩んでいた。酒巻、中条など一族が分家したために、本家としての力が弱まっていた。直属の兵達が戦功として田を要求した。酒巻家などは新田を開拓し、力を蓄え、本家の命令を聞かないことがあった。

彼らの当主は、本家の親泰よりも年上であり、伯父であった。戦さの場数も踏んでおり、領土経営も経験的に巧みだ。親泰はあせった。ここで自分の実力を示さなければ、成田家の当主としての自分の権威がなくなってしまうであろう。自分のじり貧状態を救うためには、新しい領土を拡げなくてはならない。この時、彼の野望の炎が再び燃え上がる日が来た。

（七）

太田道灌が殺され、山内、扇谷両家の間に、実蒔原《さねまきばら》、須賀谷原《すがやはら》、高見原《たかみはら》の三度の合戦（長享の乱）が行われた後、しばし両家の間に、均衡小康状態が続いていた延徳二年、成田の密偵が一大情報をもたらしてきた。扇谷定政の命を受けた古玉高春が忍の館に入ったという報せである。親泰は一大歓喜して転機をつかんだ。忍家討滅の理由ができたのである。

親泰はすぐさま馬を走らせ、鉢形城にいた領主の山内顕定に会い、今こそ忍家を滅ぼさなければ、将来忍家が山内家の禍根となることを説いた。三度の合戦で、扇谷定政に敗北を喫していた顕定は親泰の願いを許した。上之の館に帰った親泰は、誰にも理由を示さず密かに領兵を召集した。

酒巻、中条など分家一族からも、本家の権を示し、兵を集めた。失敗は許されない。なるたけ多くの兵で、忍の館を包囲し、殲滅しなくてはならないのだ。成田の全勢力を結集した二百の兵は、何の理由も示されず、夜陰密かに粛々として上之の館を出た。星もない空は、墨を流したように真っ黒な夜であった。

成田親泰にとって幸いであったのは、忍家の兵の大部分が農兵であったということだった。季節的に今は稲刈りの農繁期であり、兵は戦《いくさ》のない折であり、それぞれの村に帰り、忍の館の守りは手薄であった。

成田親泰の兵は、無人の野のような忍の領地に入り、寝静まった村々を抜け、難なく忍の館を包囲した。持ってきた筏《いかだ》を沼に浮かべ館に攻め込んだのである。

何としても、この戦いに勝たねばならぬ。彼はあせった。忍の兵が一丸となって抵抗してきたら、二百ばかりの兵ではひとたまりもない。

「火をかけろ」

親泰は絶叫した。火を点けることによって、守備兵を混乱させ抵抗を削ぎ、忍家の一族が慌てふためき広い邸内から庭にまろび出てくるのを狙って、射殺《い》すのだ。親泰は自分の仕掛けた不意打が世間に宣伝されるのを恐れた。これは正当な戦いなのだ。そのためには、忍家の血筋を皆殺しにし、全ての抵抗の芽と、忍家の歴史をなくしてしまわなければならない。灰燼の中に忍家は滅亡するのだ。

　忍の館全体が紅蓮の炎に包まれ出すと、緊張のために冷や汗を流していた親泰は、やっと安緒の笑いを見せた。その余裕のある残忍な笑いの中に、一筋の好色のひらめきが走った。彼は無理に落ち着きを取り戻すと、ゆったりと床《しょう》几《ぎ》に腰掛け、対岸の火事を目で愉しみながら、部下に新しい命令を発した。

「忍家の一人娘を殺さず、必ず捕えよ」

部下が命令を伝えるために走っていった。

「絶世の美女というではないか。一目顔を見て殺しても遅くはあるまい。いや、一度味見して家臣にくれてやってもいいではないか」と独り言ち、またもや親泰は会心の笑みをもらした。

（八）

義行は何人かの成田の雑兵を切った。火の手が各所より上がり、女中達が右往左往しているのが見えた。義行は自分の周囲に、自分や忍の館を守るべき精鋭の兵が少ないことを知っていた。姫のことが気になった。あの娘《こ》だけが、わしの血を引いた後継ぎなのだ。彼は奥の館に走った。そこは森に囲まれ、まだ火の手も回らず、阿鼻叫喚の声も遠かった。

　姫の居間に入ると、もう知っていたのであろう、きちんと正装して雲子と一緒にいた姫が、父の姿を見て、不安だったのか、義行にしがみついてきた。

「心配するでないぞ、姫」

大掾は娘の肩をたたいた。姫の肩は震えていた。怜悧な姫は、もう全てを知っていたのだ。姫に対するいとしさが不覚にも大掾の声を震えさせた。

「姫、逃げるのじゃ、裏木戸口から舟を使えば……雲子、頼むぞ」

姫が父の声を押し止めるように叫んだ。

「いやです。大掾様、小夜はお父様と一緒に死にます。どうか小夜をあやめて下さいませ」

「何を馬鹿なことをいうのだ」

大掾は不憫《ふびん》さに姫を抱きしめた。ふっくらしたやさしい体であった。姫の甘い香りが、一瞬大掾の意識を遠い過去の、初めて小夜の母を抱いた時の甘美な夢を蘇らせていた。

姫は必死に父に抱きついていた。今このまま父と離れたら、もう永遠に父と別れなければならないような気がした。小夜は義行の胸の中で甘えていたのだ。父のゆったりとした広い胸の中に入ると、彼女は夢現《ゆめうつつ》のような安らかな気持ちになるのであった。胸がときめき、涙が出そうになって、父のためなら何でもしたいと思うのであった。姫は父が可哀想でならなかった。〈私ができることは、お父様と一緒に死んであげることだ〉幼い姫は一途にそう思いつめたのである。死んでしまえば、全ての苦しみから解放されるのだ。〈そのために、この小夜の命が役立つものならば……お父様から離れたら、この小夜も生きてはいけないのだ〉

大掾も思っていた。この娘《こ》の胸を刺し、返す刀で自分の心の臓を刺せば、心おきなく死ぬことができる。この愛に満ちた美しい娘は、自分と共に死んでくれる。姫は自分の死に場所を覆う花として死のうとしているのだ。彼はその甘美な夢の中にのめり込もうとする自分を感じた。現実の千尋の重さが遠退《とおの》いていくのを感じる。

しかし自分は、いや妻は、この子をわしの死に場所を飾る花として生んだのであろうか。彼は妻が健康であった時、赤子だった姫をいとしく育てていた姿を思い出していた。そして死の床で、姫の運命をわしに託した時の、妻の信頼に満ちた微笑を……彼は思い出していた。

その時、執事が駆け込んできた。

「殿、敵の手が橋を渡り、奥の館まで迫りました」

その慌しい声が、ふと大掾を現実の理性に立ち戻らせた。

「姫、生きるのじゃ」

大掾は仁王のように立ち上がり、夜叉王のような顔を、畳の上に泣き伏す姫に向けて命令した。

「雲子、何をしているのだ」

隣の間で涙を流し、親子の情景を見ていた雲子がおろおろとまろび出てきた。

「雲子、姫を頼むぞ、何としても生きてくれ」

「はい、大掾様」

「舟を使い、忍川を下るのじゃ、これは砂金じゃ、何かの足しにせい」

「はい、大掾様」

「早く行け」

「はい。さあ早く、お姫様」

「いやです。私はここに残ります。雲子は逃げて」

「まあ、小夜様」

雲子は姫の心が痛いほど分かって一緒に泣き出してしまった。

しかし、もうそこには父の姿はなかった。強情を張って、わがまま言って、父を困らせて、一緒に死ぬべき父の姿はなかった。姫には、何故父が一人で死ぬために出ていったのか、父の心が分からなかった。十畳間の姫の居間は、大きな空洞がぽっかりとあいていた。空虚であった。静かであった。姫は心の張りを失い人形のようになっていた。

斬り合いの叫び声が、だんだんと近付いてくる。我に返った雲子が、小夜の手を引っぱるようにして、暗く長い廊《わたどの》を伝って裏木戸口に向かった。姫は雲子のなすがままになっていた。ここは忍家の家族しか知らない秘密の通路であった。

黒塗りの忍びの小舟が、両岸に蘆の生い茂った忍川を下っていた。棹も黒く塗ってあり、漆黒の闇に包まれた小舟の存在は定かではなかった。しかし北方で、火炎が明滅し、火のはじける音と、この世のものとも思われない地の底から沸き起こってくるざわめきが聞えていた。

姫は舟底に突っ伏して父のことばかり考えていた。お父様が、何故自分を見捨てて敵の渦中に出ていったのか、その理由が分からなかった。何故私を殺してくれなかったのか。お父様は私を見捨てたのだ。父に対する恨みが彼女の胸に生まれたが、姫として育てられていたやさしさが、すぐそんな心をいけないとして消散させ、大掾様が何故私を生きさせようとしたのか、父の本当の心を知りたかった。

「小夜様、着きましたよ」

雲子が忍んだ声でささやいた。一つのぼろ屑のようにうずくまった姫の姿が、その幼い時から花びらのようにいつくしみ育ててきた雲子には、痛ましくてならなかった。抱きかかえるように姫を対岸に登らせた。

「ああ、火が見える」

虚脱したように静かだった姫が、恐怖の声を上げた。そこは川面から少し小高くなっており、向岸の村や森や、稲が刈り取られ稲架にかけられた田や、まだふさふさとした稲穂が続く田の向こうに、館の屋根が燃えて、その火炎が濠の川面に映えている。人影がその中をチラチラと動いている。

その中に姫は父の姿を見たように思えた。姫は、また悲鳴を上げた。館の中の鎮守の社の森が燃えているのだ。空高く巨大な火柱が立っているのは、神木が火炎に包まれているからであろう。大人の腕でも抱えきれないほどの幹回りをもつ、小夜の生まれる何百年も前から神木としてあがめられ、忍家の続く限り存在するといわれていた杉の大木が、命ある体に火を点けられたように風を巻き起こし、轟音《ごうおん》を立てて燃えているのだ。それは忍家の最後にふさわしい象徴であった。

姫はそこに、火だるまになりながら刀を振り、二重三重に取り囲み迫ってくる成田の兵を斬っている父の姿の幻影を見て、気を失って倒れた。

「お父様、お父様」

うわ言のように姫は呼び続けた。

大掾は家族館の入口に立って、橋を渡って襲い掛かってくる成田兵を何人か斬った。

「姫が逃げのびてくれればいい。哀れな娘じゃった。可愛さに魅かれ、嫁にやらなかったのが不覚じゃった。姫の子供を見たかった」

そんな思いが一瞬、大掾の脳裡に浮び、雑兵の矢に胸を射抜かれ死んでいった。

（九）

義行の血首を見た時、親泰は背筋を走る冷たいものを感じた。頬がふっくらとして、ゆったりとした顔相が、彼の高い社会的地位を示し、決断の意志の逞しさを示すように唇が厚く、引き締められ、今にも復讐の刃を向けてくるように目が無念そうに半眼開いて白く光っている。

親泰が十五歳の時、古河公方がたと対戦するために、父の後に従って初陣したが、父・顕泰と忍の義行は、いつも馬を並べ談笑していたのを覚えていた。その時自分は、痩せっぽちの青二才で、義行は勇猛果敢な武将として有名であった。それを今、打ち殺したことにより、忍の広大な領土は自分の物になったのである。震えが全身をつらぬいたのも当然であった。これからやるぞと思った。

とともに、奇襲的に闇討的に忍家を滅ぼしたという世間の糾弾が怖かった。そのためには、忍家の一人娘を自分の妻にするのだ。子を生ませることにより、扇谷家や世間の成田に対する非難も薄れよう。彼は部下を督励し、忍家の姫を草の根を分けても捜させた。金子十貫文を出すという高札も立てた。

その効果か、忍家の兵は四散し、その抵抗力はないに等しかった。全てがうまくいった。成田親泰は、自分の実力を示すために大土木工事を起こし、濠を深く渫《さら》って広げ、忍の館の焼け跡に、城のような館を新築した。そしてそこに本居を移し、もう何百年も忍の地に続いた領主のように振る舞った。

その後、忍の一人娘の行方は、杳《よう》として知れなかった。ただ最後に、上渡の乳母の家に立ち寄ったという密告が入った。彼は乳母の一族を皆殺しにして、その首をさらした。

（十）

「雲子、これからどこへ行くのです？」

雲子に聞く姫の声は震えていた。

「私の実家ですよ、小夜様」

姫はそれっきり黙ってしまった。ただ雲子の後に遅れまい、雲子に迷惑を掛けまいと、崩れ折れそうな心の痛手に耐えて歩くのであった。

二人は街道を避け、あぜ道や稲穂が重たげに垂れている田の中を隠れるように歩いた。二人は村人の目も恐れなければならなかった。

雲子の実家は、荒川に近い鎌塚《かまつか》の豪家であった。雲子の弟の義村が家を継ぎ、忍家の家臣であったが、米の収穫期で小作民を督励するために帰っていた。姉と姫を前にして、館の夜襲されたことを知らされた義村は切歯扼腕《せっしやくわん》して惜しがり、すぐ下男を情報の探りに走らせた。

その結果は無残であった。忍家の当主の戦死であり、忍の館の跡形もないほどの全焼であった。余勢をかった成田の兵は、長野・持田・行田村などを放火略奪しているという。姫は震えていた。雲子が背中をいくら強く抱いても姫の震えは止まらなかった。この近辺に成田の兵が押し寄せてくるのは時間の問題だった。夜が明けてから、女二人がこの家を出たならば、格好の成田兵の獲物となるであろう。一刻も無駄は許されない。

姫は丈の短い百姓娘の野良着を着、裾から出た白すぎる足や気品のある顔に煤墨を付け、男のように変装した。姫には、その意味が分からなかったが、雲子やその弟の指示のままにしていた。雲子は姫の母親という身なりをし、義村は武装して二人を守るようにして家を出た。一丁ばかり歩くと荒川の堤に出た。川下の東の方には、もう暁雲が出て、とうとうと流れる川の対岸が仄かに見える。

河原に下りて、渡し場に繋がれた小舟に姫と雲子と、その弟が乗ると、待機していた舟頭が手先も鮮やかに棹をあやつり、川下に流されながらも対岸に着いた。土手に上がると、姫は物珍しく眺めてしまう。姫にとって、忍の地を離れるのは生まれて初めての経験であった。

雲子とその弟の義村は、土手の下の木の下に坐り込んで、ぼそぼそと話し込んでいた。別れを惜しんでいるのであろう。二人は泣いていた。弟が近づいてきた。姫の前にひざまずき、言った。

「姫様、これでお別れでございますが、何とぞ、ご自愛下さって、時を待って下さいませ。いつかきっと忍家再興の時が来ることでしょう。その時は、またこの義村も喜んで忍家の旗の下《もと》に、馳せ参じることでしょう」

義村は何故か泣いていた。

姫は義村にどのような言葉を掛けていいのか分からず、助けを求めるように雲子を見た。雲子は「義村、縁起でもない、涙など見せて」とたしなめた。義村は、はっとしたように涙をぬぐうと、「姉様、後は頼みますぞ」と、自分の心を押し隠すように早足に堤を越えて見えなくなった。

「小夜様、ここは扇谷様の家老の一人、上田様の領下で大芦《おおあし》という所ですから、もう安心ですよ」

雲子は姫を力づけるように言った。

「雲子、有難う」

今までの雲子や義村の献身を痛いほど知ってはいても、今の姫には、そんな言葉しか出てこなかった。他にどんな感謝の仕方があったのだろう。姫としての生活が身についていた体を真っすぐ立たせていたが、それは今までの慣習がそうさせたのであり、本当は雲子の胸にしがみついて泣きたかった。

二人は上田氏の城山の見える松山の農家の離れを借りて、身分を隠して住んだ。今の姫にとって、忍家の娘という身元が禍《わざわ》いになりこそすれ、決して公にすべきものではなかった。ここに半月ほどいて、忍の領土の情報を首を伸ばして待っていたのだが、二人に届いたのは、雲子の弟・義村の一家眷族が皆殺しにされたという驚天動地の悲報であった。

雲子は寝込んでしまい、小夜姫もどこにも持ってゆけない、やるせない心の苦痛に耐えながら、それを補うように一生懸命、雲子を看病するのであった。

しかし雲子は、武士の妻であった。二、三日経つと床から起き上がり、小夜に笑顔を見せるようになった。が、姫は雲子に対する済まない気持ちでいっぱいであった。

雲子の実家から送ってくることになっていた日々の糧がもうないとすると、二人がこのままここ松山の農家の離れにいることは、じり貧の生活に陥ることを意味していた。幸いなことに、大掾が死の間際に渡した砂金袋がまだ手付かずにあった。姫と雲子は、ともすれば心が過去に向けられて、気持ちがしめりがちであった。

この苦境を救うには、旅立ちの門出が必要であった。姫が信濃国のお姉様の家に行きたい、と言い出したのである。雲子もうなずくしかなかった。

二人は雪の降らない内にと、もう翌日には旅装束に身を固め、朝霜の出た道を踏んで旅の人となっていた。

（十一）

信濃国へ行く道は、熊谷宿を通り、高崎、安中、坂本から、碓氷峠を越えるのが、この当時の旅人の一般道（主要道）だった。主要道は旅人の往来も激しく、道路も整備されており、迫りくる不気味な戦国時代の妖雲を漂わせているとはいえ、女子供も一応は安心して旅ができた。

しかし、この中山道は、荒川の以北から越後にかけて、山内上杉氏の勢力下にあった。所どころ関所が設けられ、それは関銭を取るのが目的であったが、身元詮議も厳しかった。

もしここで捕えられ、忍家の姫としての身分が明らかになれば、すぐさま山内氏の家老である成田家へ送り届けられるであろう。そしてそうなれば、もはや忍家の姫としての運命は、自ずから明らかであった。姫はそう想うと、身震いするほどの恐ろしさを感じた。娘の身である自分が悲しかった。少しでもそんな運命の起こりそうな所には近づきたくなかった。

北信濃へ出る道は、他に今の寄居から荒川に沿い、秩父大宮に出て、そこからもっと山奥に分け入り、十文字峠を越え信濃の梓山に出る脇《わき》往還《おうかん》があった。この脇往還は、次第に盛んになってきた信濃の善光寺参りや、奥秩父の三峰信仰、また武州から雁坂峠を越え甲斐国へ出る近道として、人々の往来もかなり盛んであった。

しかし寄居には、山内上杉氏の本居である鉢形城があった。これを避けるには須賀谷、小川を通り、荒川に注ぐ支流の槻川《つきかわ》を遡り、奥武蔵の連山を通る粥新田峠《かゆにたとうげ》を越え、秩父に出るしかなかった。須賀谷を通る時、扇谷家の家紋の付いた旗を持った五十人ばかりの足軽兵と、二、三騎の騎馬武者が道に砂埃を立てて通り過ぎていった。

小川は、なだらかな山々に囲まれた紙漉《す》きの里である。丘から眺めると七十戸ばかりの農家が点在し、その周囲には何千枚という紙が天日干しされ白一色の世界だった。庭には井戸水で作られた池や、槻川から引かれた小川が流れ、紙の原料となる楮《こうぞ》が、陽や風にさらされゆらめいている。

姫と雲子は、旅の途中であることも忘れ街道を逸れ、住居とは別棟になった一間四方の仕事場で作られていた紙漉きを覗いていた。簀を敷いた木枠の中に、どろどろした紙液を入れ、ゆり動かし、厚さを均一にする老婆の熟達した手先を、姫と雲子は感嘆して見ていた。大きな釜には楮《こうぞ》が煮られ、土間は暖かかった。晩秋の日も、そこの軒先では春の陽のように明るかった。

小川から先は、幅一丈くらいの水量の多い槻川に沿って路は次第にゆるやかな登りとなってくる。山も高くなってきたが、奥武蔵の山々は女性的なたたずまいを見せ、粥新田峠は標高一七七・五丈である。途中で馬の背に、いっぱい楮を積んだ馬子達と何度もすれ違った。

三沢から山路を下ってくると、目の前に、そびえ立つ武甲山の雄姿が望まれ、その下に、秩父の町並が大宮神社を中心に広がっていた。

「秩父の人々は毎日、このような神々《こうごう》しい山を眺められて幸せですね」

小夜は、しばし立ち止まり、武甲山を魅せられたように眺めて言った。寂しさを漂わせていた姫の横顔には、久しぶりに頬に赤味がさし、少女のような生き生きした表情が浮かんでいた。そんな姫を、いとおしい安緒の心で眺めながら雲子が尋ねた。

「何故でございますか、小夜様」

「だって……」

姫は自分の心を表に出すのを恥ずかしがるように言葉につまった。

「あの山は……何か……神そのもののような気がするのです。だから村の人達は、朝な夕な武甲山を眺めるたびに、神と接しているような敬《けい》虔《けん》な心になれると思うのです」

姫は、父を思い出していたのかもしれない。父・大掾義行は姫にとって、彼女を愛し、彼女を姫君として育ててくれた神のような存在であったのかもしれない。雲子もうなずいた。

「お姉様のおられる所も、ここのように山が間近く迫っていると、お手紙に書いてありました。きっとお姉様も、この秩父の人々と同じように幸せに暮らしているのでしょうね」

姫にとって、下層の民衆がどんな生活をしているのか知らない。そのみじめな悲惨さを知らない。そのゆえにこそ、どん欲な、あるいは強靱な精神を持った民衆を知らない。姫にとって、自分と雲子以外は皆幸せに思えた。

姫は山が好きであった。平野部で育ったせいか、どこまでも続く圃《はたけ》や森や、小高く盛上がった古墳の上の雑木森、その中腹にある小さなお社、そんな小さな山の日影になった貯水池、寒風から身を守るように寄り集まった藁《わら》葺《ぶき》の小さな家の土壁に西日が当たっていた貧しい村々。人手もなく、水もなく荒れたままに放置され、地平線のかなたまで連なった原野。

そんな何の変哲もない景色のはるか向こうに一つの変化、一つの区切り、一つの夢のように藍色にけぶる山々があった。父・大掾も山が好きであった。姉を信濃のような遠国へ嫁がせたのも、嫁ぎ先が山間の盆地の領主であったからだ。

二人はまだ陽が高かったが、秩父神社の前の街道に面した旅籠に宿を取った。この名高い神社に忍大掾義行の冥福を祈るとともに、長い信濃国への旅立ちの加護を願うためであった。二人は丹塗りの鳥居をくぐり、長い参道の敷石を踏んでいた。

由緒の古さを示すように何百年もの樹齢を経た樫や檜楠の大木が参道の両脇にそびえ立ち、薄暗く、社への道は遠かった。本堂の前で、二人は鰐口を振り、手を合わせ、いつまでも祈った。二人の周りには、誰もいなかった。もう辺りには夕靄が漂い、森の中の社は静寂の中にあった。

翌朝、夜明けとともに宿を出た二人は、お昼ごろ、修験者が盛んに出入する三峰神社への脇道を左手に見て、さらに細く険しくなった山路を西へ向かって登っていった。

太陽が薄雲ににじんで橙色の大きな玉となって目の前に落ちてくる。午後三時ごろだった。

突然二人の前に、路に立ちはだかるように悪鬼のような三人の男が立っていた。それはあたかも地獄の底から派遣されてきた使者のようだった。楽しく語り合い疲れを忘れていた二人は、一瞬立ちすくんだ。三人は申し合わせたように膝までしかないぼろぼろの着物の上に猿の毛皮をはおっている。

一人は大男で、着物からはみ出した両足は太く隆々として一つの意志のように、石ころだらけの路を踏んまえている。一人は中年の髯だらけの男で、初めはぼんやりした顔で、この予期せぬ獲物にとまどいながら次第に、らんらんと目を輝やかし始めた。今一人は体の華奢な男で、二人の分け前にあずかりながら、ずるく立ち回っている人柄と知れた。

「お前さん達、どこへ行くのだね」

口火を切ったのは、この小男だった。馴々しく二人に近付きながら、目は体よりもっと敏捷に働いて、特に小夜の体をじろじろと眺め回した。雲子は小夜をかばいながら後ずさりした。三人の男達は場馴れしているのであろう、申し合せたように素早く二人の女を取り囲んだ。

「あなた達は何なのです?」

雲子は鋭くなじった。三人の男は無言でニヤニヤ笑いながら包囲の輪を縮めてくる。

「小夜様、お逃げなされませ」

「雲子」

小夜は泣きながら雲子を振り返った。雲子は細い山道いっぱいに立ち塞がって短刀を振り回し、一歩でも賊達を通すまいとしていた。二人に幸いしたのは、片方が急斜面の山の崖であり、片側が何十丈もあるかと思われる荒川の急流に望む谷川であったことだ。

そして足の逞しい精悍な男が、雲子の短刀の切っ先を避けたはずみに路肩を踏みはずし、悲鳴を上げて谷川に転落していった。それが二人の男に、若い娘という最大な獲物が逃げていくというのに、追い掛けていくことのできない躊躇を生んだ。

「雲子……」

小夜は逃げながら、また後ろを振り向き叫んだ。

「小夜様……雲子のことは心配しないで……小夜様だけでもお姉様のところへ……」

途切れ途切れの雲子の声も泣いているよう

だった。これが小夜の聞いた雲子の最後の言葉であった。

小夜は道から山の斜面を登り、森の中に駆け込んだ。木の根や蔦に足を取られながら夢中で走った。どこをどう走ったのか覚えはない。日が暮れてきたようだった。高い梢越しの空は、もう何の前途もないように暗かった。

「雲子！」

姫はしんと静まり返った森の中に叫んだ。三人の男達に取り囲まれた雲子を思って泣いた。雲子は小夜を救うために、自分一人後に残ったのだ。

〈お父様も私を救うために一人で死んでいった。その時、自分は一体何をしたのだろう、ただただ逃げるだけではなかったのか〉小夜は自分を憎んだ。こんな小娘の力のなさをのろった。

〈お父様は、何故私を生きさせたのだろう。お父様と死んでいったら、小夜の命もそれだけの価値があったのだ。生きていたばっかりに雲子の実家を犠牲にし、あまつさえ自分の母親のような雲子も犠牲にしてしまった。お父様は、こんな試練を与えるために、小夜を生かしたのであろうか？　お父様の馬鹿……大掾様の馬鹿〉

小夜は生まれて初めて、四十女の心のように父を憎んだが、最も愛する者への憎しみは自分自身への心をも刺しつら抜いていく。小夜は考える力も、歩く力も失って森の中にうずくまってしまった。

凍えるような寒さに小夜は目を覚ました。薄明りの中で谷川の音が遠く聞こえていた。そうだ、あの谷川の音を頼りに元に戻れば、雲子のいる所に戻れるかもしれない。雲子に会いたい切なさが姫の胸いっぱいに拡がっていた。

〈雲子に会いたい。雲子に一目会って、自分の姫としての高慢さを詫びて、雲子と一緒に泣きたい。そしてまた、お姉様のところへ一緒に行くのだ。その時、二人は本当の親子のように仲むつまじく、笑い、楽しい旅を続けることでしょう。雲子待っていておくれ。小夜もすぐ行きますから〉

小夜は痛む足をひきずり、うろ覚えに山の斜面を駆け下りていった。

半時ほど経って、小夜の若い感覚は元来た道へ戻らせていた。しかし、そこには昨日のことなど何もなかったように、何の痕跡もなく、ただ谷川の音だけが、かまびすしく聞こえていた。小夜は不安な予感におびえながら、下の谷川を覗き込んだ。そしてそこには、小夜の予感の的中したものが横たわっていた。それは岩間をかむ谷川の流れに、あおむけに半分体を浸からせた全裸の女の死体であった。

「雲子、雲子」

小夜は狂気のように呼び掛けたが、雲子の体は雪のように白く、微動だにしない。姫は谷川に降りる路を必死に探し、土砂と一緒にずり落ちるようにして大きな石がゴロゴロした狭い河原に下りた。雲子の上半身は、透き通るような清流の中に浸っていて、まるで雲子が生きているかのように髪の毛がゆらめいている。

「雲子、雲子」

姫は雲子の体を谷川の流れから引き上げると、抱きしめて何度も何度も頬ずりした。体全部が氷のように冷たくて、もう人形のように硬直を起こしていた。

姫はいつもまでもいつもまでも雲子を抱きしめていた。その日は曇り日で、少しも陽がささず、小夜は寒さで震えていたが、自分が寒ければ寒いほど、自分の暖かさが雲子の体に移るような気がして、姫は幸せであった。

「私も、もうすぐ雲子の側に行きますから、雲子、待っていて下さいね」

姫は雲子が生きているかのように話し掛けていた。

その時、雲子が目を見開き何か言ったような気がした。

「小夜様、雲子が死んでも少しも気にすることはありませんよ。雲子の命は、小夜様を守るためにあったのです。小夜様を守り、死ねて雲子は喜んでいるのですよ。唯々残念でならないのは、小夜様をお姉様の所へ送り届けられなかったことです。このうえは、もうきっぱりと雲子のことを忘れなさい。そして大掾様のお言い付けをよく守り、どこまでも生き抜くのですよ。小夜様がここで死んだら、雲子が何でここで死んだ甲斐がありましょう」

「いいえ、私はお父様など大嫌いです。私に一番大切だったのは、雲子、あなただったのです。それに今まで気が付かなかったなんて、何と小夜は馬鹿だったのでしょう。もうお父様の教えを守るのはいやです。このまま雲子の側にいれば、もうすぐ雲子のところに行けますね」

「いいえ、いけませぬ。あなたは普通の娘ではないのですよ。この世に二人といない忍家のお姫様なのです」

「忍家って何？　お姫様って何？　私には分からない、雲子、教えて」

小夜は甘えるように雲子の乳房に顔を埋め、その乳を吸った。いつか陽が高くなり、さんさんと輝く太陽の光が、二人を暖めるようにそそいでいた。小夜は雲子の顔に自分の顔を重ね、雲子の髪の水油の香りの中で眠りに入っていた。

何時《なんどき》ほど経ったであろうか、ふと頭の上の方から覚えのある男の声を聞いた。

「昨日の娘がいるぞ」

顔を上げると、昨日の二人の男が上の路から覗き込んでいた。小夜は横っ飛びにはね起き、岩を乗り越え、川下か川上か、その覚えがないほど逃げ出していた。「ああ逃げる、蓄生、逃がすな」と、二人の男はうろたえ、何か叫び谷川に降りてくるようだった。

小夜は、谷川の浅瀬を通り向岸に渡ったのかも覚えはない。またもや道を避け、森の中に入り、自分の足跡をくらました。谷川とか細い小道の他は、森は至る所にあり、それは一見、弱い者の味方のように拡がっていた。雲子の体を土にも石にも埋めず、逃げてゆくことに、小夜は後ろ髪を引かれるような心残りを感じたが、あの男達に捕まるより、小夜が逃げた方が雲子も許してくれるような気がした。

（十二）

どこまでも、どこまでも森の中であった。それは果てしなく続くのであった。雨が降ってきた。空はほとんど見えないのに、梢を鳴らし、雨がしずくとなって小夜の体を濡らした。小夜は狂女のように歩いていた。

犬のように執拗に付いてくる男達への恐怖は、小夜は獣道さえ避けさせ、膝までうずまる落葉に足をとられ、急峻な樹林の間の径のない径をたどらせていた。紅葉した広葉樹《こうようじゅ》に変わって、トド、ツガ、ナラなど針葉樹林が多くなり、森が暗くなってきた。時々、苔むした岩間からほとばしり出る湧き水が、岩盤を露出させた川底を作り沢となって流れている。

小夜は、かがみ込み沢水を飲んだ。不安になるほど冷たかった。昨日から何も食べていなかったが、空腹を感じなかった。突然の変事が小夜の感覚を狂わせていた。

今度捕まったら雲子のように裸体にされ、殺されてしまうだろう。清潔で身だしなみの良かった雲子が、何故裸体で殺されなければならなかったのか。分かっているのは、雲子が死んだということだけであった。雲子が死んだ代わりに、この小夜が生きているということであった。それほどまでに、この小夜の命に価値があるのであろうか。お父様も私を生きさせようとして一人で死んでいった。それほどまでに何故、この小夜を生きさせなければならなかったのか。

お父様、雲子、教えて下さい。小夜は涙を流し、両手を合わせ祈った。お父様が死なれた後も、小夜が生きていけたのは雲子がいたからだ。その雲子も死んでしまった今となっては……周囲から迫ってくる深山の霊気が小夜を孤独の絶望に追いやっていた。

小夜には、自分だけが生きなくてはならない理由が分からなかった。彼女の見い出した最後の答えは死ぬことであった。小夜にとって死ぬことだけが、雲子や父の深い愛情に答える唯一の方法であった。今の小夜には、もう父に対する憎しみなど一かけらもない。無念に死んでいった父への憐憫が愛の悲しみとなって胸いっぱいに拡がっていた。

森林の匂いが、彼女本来のやさしい感情を表出させていたのかもしれない。このまま森の中をさまよい、森を抜け出せなくてもいいと思った。生き物のように林立した樹間をぬい、ふかふかした苔の絨毯を踏んで、薄暗い森の国をさまよっている内に、お父様や雲子のいる所にたどれるような気がした。

寒かった。さっき雨に濡れた体が、森の冷気に触れ冷えてきたのだ。その時、小夜は幻視を見たのだ。小夜の身を案じ、死ぬ間際に小夜の部屋まで来てくれた直衣《のうし》姿《すがた》の父の最後の凛々しい姿であった。しかし、その顔は厳しく悲しみに満ちていた。自分の愛娘の悲惨さに涙を流している、やさしい慈愛に満ちた父の顔であった。しきりに何か言っている。

「生きるのじゃ、姫、生きるのじゃ」

叱咤激励している父の声は怖かった。

「はい、お父様、はい、お父様」

小夜は睡魔に襲われながら、必死に父の後に付いていく。周囲が明るくなってきた。父の姿はなくなっていた。森を出られたのだ。まだ陽が高く、空はさっきの雨が嘘のように晴れている。

そこは左側が傾斜になった雑木林で所どころ草原になり、もっと下は谷川になっているらしかった。小夜の立っている所は、確かに人の足で作られた路であった。獣道ではない。小夜は人一人がやっと通れる幅のその径を伝っていった。木の根を階段にした小径を登っていくと、突然目の前に、杉葉を屋根にした一間四方の小屋が建っていた。

そこは山を背にした五十坪ばかりの平地で小屋の前は小さい稗《ひえ》畑になっている。小屋の傍らを裏山から沢水が流れ、その一部を竹筒で小屋の入口まで引いてある。

小夜は暫くの間、樹林の陰に隠れていた。緊張し、ビクビクしていた。着物は破れ、小夜はもう姫ではなかった。小屋には人の気配が全然なかった。小夜は入口に近付いていった。稗畑から大きな山鳥が二羽飛び去った。戸口を開けて中へ入ると、土間で、右側に四畳くらいの高床の筵《むしろ》敷きの部屋があり、中に囲炉裏が切ってある。傍らに鍋があった。小夜は部屋に上がり鍋の蓋を開けた。稗粥が少し残っている。小夜はそれを無意識に食べていた。

囲炉裏の灰の中に榾火《ほたび》（焚火のあと）が残っていた。その赤い火が、小夜には自分の生きている証《あかし》のように思えた。寒かった。稗のお粥や、囲炉裏の中に熾火《おきび》があることは、この杣小屋《そまごや》に人のいる証拠であった。しかし、この住人に対する警戒心は、今の小夜にはもうなかった。熾火の上に乗せた枯枝葉が、小夜の命の最後の火花のように燃え上がった。

薪が燃え、濡れた着物が乾いていく内に、小夜は全身から起こってくる震えで坐っていることができず、囲炉裏の火を囲むように横になった。何刻ぐらい経ったであろうか、小夜ははっと目を覚ました。自分の体の上に獣の皮が覆ってある。真っ黒な闇の中に囲炉裏の火が燃えていた。

その火の向こうに人がいた。小夜は息を詰め、目をすました。猟師のような毛皮を着、手を動かし薪を囲炉裏にくべている。小夜の心臓が早鐘のように打ち始めた。雲子を殺した山賊の一人ではないのか。小夜のちょっとした身じろぎに、「起きたかね」と男が顔をこちらに向けたが、それは若い男の声であった。その一瞬小夜は立ち上がり、脱兎の如く小屋の入口から逃げ出そうとしたが、小夜の体は宙を浮き、上がり框《がまち》から土間の上にころげ落ち、気を失った。

それから二日間、小夜は高熱と寒気に震えながら寝たっきりの動けない病人になってしまった。たった三日間の経験が彼女の肉体と精神を破壊しつくしていた。その間、彼女を看病してくれたのは、この杣小屋の主の若い男であった。

ありったけの衣類を彼女の寝具とし、それでも小夜が震えているのを見ると、自分の猿皮の上衣を脱いで彼女の足を覆った。

　ぼんやりした目で小夜は、その男を見ていた。こんなにも間近く若い男を見るのは初めてであった。一日置きに、朝早くどこかに出掛け、陽が沈む四時ごろ帰ってくる。稗粥の中に味噌を入れ小夜にすすめた。小夜はそれを無理して飲み込んだ。稗など小夜は今まで食べたこともなかった。油気のないパサパサした味だった。忍が米の産地で、見渡す限り黄金色の稲穂が頭を垂れている光景を小夜は思い浮かべていた。

　おとなしい無口な男であった。小屋にいる時は、いつも膝小僧を抱いて小夜を物珍しそうに眺めている。小夜と目が合うと恥ずかしそうに下を向いて、今度は囲炉裏の火を見つめている。男はずんぐりがっしりした体つきをしていたが、目の焦点が定まらず、いつも何かにおびえているようであった。いつもは毎日仕事に出ていくのに、小夜が来てから、この若い娘のことが気掛りでならないように小屋の中にいることが多くなった。

　出掛けても、下の谷川まで下りていって岩魚や山女を獲って、二時間くらいで戻ってくる。戸口から覗いて見て、そこに小夜が寝ているのを見ると、安心したように土間に入ってくる。その顔には楽しそうな笑顔があった。小夜はもう逃げ出す力がなかった。この若い男が山賊ではなく、木こりか炭焼か、そんな朴訥《ぼくとつ》な職業の人間であることが分かると、彼女の抵抗の心も失われていた。

　小夜は十日くらいして、やっと起き上がれるようになった。蔀戸《しとみど》を開けて外を見ると、ここに来た時は燃えるような紅葉だったのに、雨が降るたびに紅葉は脱色して、茶から褐色に変化して落葉し、今は常緑樹林の青黒い山肌に変化している。小夜は囲炉裏の傍らに坐り、この家のお客様になりながら目の前にいる若い男の目を見るのが怖かった。しかし男は、やさしかった。食事の支度をし、岩魚を焼き、「食べて下され」と小夜の前に差し出す。

が、その目はいつも執拗に小夜の後ろ姿や、胸元や、着物から出た白い足を見つめた。その表情にはいつも驚嘆とあこがれと不安なおののきがあった。喜びもあった。小夜はそんな若い男の目が怖かった。早くここを出なければ、「もう一生お姉様に会えない」そんな予感が小夜をおびえさせた。

小夜は決心して若い男の前に両手をついて、今までの厚恩に感謝の言葉を述べた。男の目に当惑の表情が浮んだ。小夜はこの善人そうな山の男に全てを頼もうと思った。

「私は信濃国にいるお姉様の所に行きたいのです。秩父の宿で十文字峠を越えれば信濃国へ行けると聞きました。どうかお願いです、その峠を教えて頂けないでしょうか」

小夜の嘆願に純朴な山の男の表情にとまどいの色が走った。彼は今まで、この突然降ってわいた美しい娘の正体に恐れを持っていた。

この気品のある娘は、麓の村の地頭の一人娘で、山賊やなんかでさらわれ、こんなあばら屋に紛れ込んだのであり、ここに自分の娘がいることを知った地頭は、討手の兵を何十人も麓の村から差し向けてくるように思えた。今まで彼は、少女のようにあどけない娘が、床の中に横になり寝ているのを見るのが怖かった。

娘の傍らに近づくと、自分の四肢にみなぎる凶暴ともいえる力にとまどった。自分の破滅が近いように思えた。が、娘の寝顔を盗み見する時、その美しさに目を離すことができなかった。

しかしその娘が、何の後ろ立てもなく一人で十文字峠を越えようとしているのを知った時、山の男は愛欲に狂い出した。もうそれは堰を切った山崩れのように制止することのできない、若い男のたぎるような欲望であった。

二人は小屋の裏山を上がっていった。一町ばかり登りつめると頂上に出る。そこは平らになっていて、樹木もまばらに生え見晴らしが良かった。小夜はここで初めて自分の置かれている場所を全体的に見た。目の前に青黒い、びっしりと密生した原生林の山肌を見せた巨大な山塊が、背稜を幾つも突き出してそびえている。もしこの山塊の頂きや中腹に、人家や炭焼の窯があるとすれば、すぐそれと分かるほど山容は間近く、山肌は野生的な無気味さに満ちていた。

山襞が重なり合った所は、沢となり水しぶきの立つ奔流となって落ちている。その下には蒼玉色をした谷川が轟音を立てて流れ、その源を立ち塞がるように灰色にけぶる山があり、その頂は霧に隠れて見えなかった。その山を指さし、ぶっきら棒に山の男は言った。

「あの山を越えるのじゃ。あそこに十文字峠がある。あの山の向こうに信濃国がある」

それは他人に対する死の宣告のように無感動な響きだった。小夜は恐る恐る聞いた。

「私の足で行けるでしょうか」

山の男の顔がゆがんだ。それはまた嘘を言わなければならない心の苦痛のためであった。

「無理じゃろう。男の足で四日はかかる。路は細く崖に沿い、落ちれば谷川に真っ逆さまじゃ。それに……」

山の男は小夜にとどめを刺すように言った。

「途中、昼間は山賊が出るというし、夜野宿をすると狼が出るということじゃ」

山賊という言葉が小夜の残っていた全ての夢を打ち砕いた。小夜は立っていることができなくて、かがんでしまった。顔を両手で隠した。頬が白くなり血の気がなくなっていた。

「大丈夫か」と、山の男はかがみ込んで小夜の肩に触った。その手先から小夜の温かい体温が伝わってくる。この高貴な感じのする美しい娘に対する欲望と愛が矛盾なく山の男の心に、この時同居していた。自分の嘘がこの娘の心を破壊しつくしたとは、そんな繊細な心を山の男は、とうてい理解できなかったろう。

その夜、二人は結ばれた。囲炉裏の側で横になっていた小夜の傍らに山の男が近付いて入ってきた。それがどんなことを意味するのか小夜には分からなかった。ただ人形のように抱かれていたに過ぎない。大猿に抱かれているような無気味さがあった。逆らって男を怒らせたくなかった。いつかこの男が十文字峠への路を案内してくれるかもしれない。それに十日間自分を看病し、こんな命を助けてくれた山の男に感謝しなければいけないと思った。

男はオズオズと小夜の体に手を触れ、ガタガタ震えながら小夜の体を抱いていた。しかし、男のそんな態度は初めの内だけである。深山の一軒家での男の愛は、狂熱的でさえある。まして若い男のうっ屈した情熱は、性的な精力となって小夜の体にまとわりついた。

冬は間近く迫っていた。山に生きる者は早々に冬の支度をしなければならない。男は吉見良太といった。毎日少しでも東の空が白み始めると、木こりや炭焼の日雇仕事で麓近くに下りてゆく。それで稼いだいくばくかの金を全部食糧に替えて、山が真っ暗にならない内に戻ってくる。

そんな日が二カ月続いた。その年に限り、珍しく、もう師走だというのに奥秩父には雪が降らなかったが、標高八一一・八丈の甲武信《こぶし》ケ岳《がだけ》の頂には雪が降り、それが白鳥帽子のように見える、そんなある日、小夜は裏山に登っていた。薪木を集めるのを日課としていた。

そしていつも仕事の合間に、放心したように陽の沈む西方の山々を見つめるのであった。いつも雲に覆われ定かに正体を見せない高山の向こうに信濃国がある、お姉様がいると思うと、口惜しさに震えてくるのである。あの高山にかかる峠を越えれば、お姉様の所に現実に行けるのに、行けない女の身が、いや小夜という自分がいやであった。

〈でも、私にはお姉様の所へ行く資格はないのかもしれない。もう小夜には、いやしい杣人《そまびと》の獣じみた体臭がしみついてしまった。なんで、こんな体でお姉様の所に行くことができよう〉

小夜は姉と再会した自分の姿を想像していた。

〈自分の生きていることをお姉様に見せたら、お姉様はびっくりなさって、そして涙を流して喜んで下さるでしょう。私をちょうどお父様が抱いて下さったように、小夜を抱いて下さるでしょう。その時のお姉様の香りは、ちょうどお父様の匂いのように私をうっとりさせ、私に生きていることの喜びを与えて下さることでしょう〉

たった一つの大切な夢が壊れてしまった、そうした絶望の思いが小夜を涙ぐませた。周囲は見渡す限り山が重なり合って夕日に染まっていた。大気は冷たく透き通っていた。この日はかすかに聞こえる谷川の音の他は、聞こえるのは葉を落とした雑木林の枝ずれのかそけさだけだった。

自分が、この深山に一人取り残されたのだという実感がひしひしと小夜に押し寄せてきた。小夜はめまいを起こし、立っていることができなくてうずくまった。その時、体内の奥底から沸き起こってくる衝動に小夜はうつぶしてしまった。冷や汗を流し、気持ち悪さが去るのを死んだようになって、じいっと待った。

吐き気が去ると、小夜は恐る恐る立ち上がった。体中の力がなくなり、自分の体ではないようだった。彼女は背負い板に薪木を積むと、足元の暗くならない内に一歩一歩山路を降りていくのであった。

この時、彼女は妊娠していた。しかし小夜は、まだ子供がどうして生まれるのかさえ知らなかった。ただ、良太に毎夜抱かれるたびに体全体を走る悪感があった。このおぞましさは、今まで小夜の知らない感情であった。そして本当は決して知ってはならぬ感情であった。良太に抱かれるたびに、小夜は身を縮め、頭の上を通り過ぎる暴風が去るのをじいっと待った。

荒く息を吐き快楽の期待に目が坐って迫ってくる裸の姿を見ると、獣が人に化けて襲ってくるような恐怖と嫌悪を感じるのである。そして逞しい両腕に羽交締めにされるたびに、小夜は絶望とあきらめの中で目をつぶり、自分の全ての感覚をなくしてしまおうと努めるのであった。小夜はいつも着物を脱ぐことを拒否するのである。

自分の裸体を人目にさらさないことだけが、小夜にはいつか、亡くなったお父様や雲子や、信濃のお姉様に会える最後の資格の証《あかし》のように思えた。彼女の心が、どうしても守らなければならない最後の砦であった。杣人もあきらめ、着物の上から小夜の体をまさぐった。

しかし最後には、いつも大木を押し倒すような力で小夜の下腹部を剥いで欲望を満たした。自分の体内にほとばしるように入ってくるぬめく体液を感じると、小夜は一層身を縮め、その気持ちの悪い触感から逃れようとする。――何故これほどまでの汚辱を忍んで生きなければならないのであろうか――小夜は自分を責めた。生きている自分が恥ずかしかった。

雪が降り出し、長い本格的な冬が訪れた。一日中吹雪が荒れ狂い、良太と小夜は一間きりの狭い小屋に閉じ込められた。二人は囲炉裏に身を寄せ、冷たい隙間風を防いだ。長い冬を支えた二人の食糧は、獣穴《ししあな》にかかる猪や鹿の肉であった。しかし小夜は、どうしても獣肉を食べることができなかった。稗粥だけの生活は彼女の肉体を知らず知らずの内に衰えさせていた。

深山の中の一軒家の生活は野性的であった。獣肉を食った良太は、昼日中から欲情し小夜を離さなかった。良太の生臭いにおいが、小夜には死ぬほどつらかった。小夜は小屋の外に飛び出したいと、何度思ったかしれない。しかし外は全ての物を凍らしてしまう白一色の雪世界であった。

小夜は生きている自分を責めた。彼女の生きていられる拠り所は、父・大掾が死ぬ間際に示した「生きよ」という言葉だった。父が小夜に「生きよ」と命じた本心は、何だったのだろうか。小夜が死ぬことを恐れたと思ったのであろうか。そうではない。小夜があの時、一緒に父と共に死ぬ気持ちでいたことは、お父様には痛いほど分かっていたのだ。だからこそ、お父様は小夜を突き放し一人で死んでいったのだ。何故？　何故？　分からない。

その時突然、小夜の脳裡に五歳くらいの時の記憶が蘇ったのである。それは夕暮れのように薄暗かった板敷の大広間であった。一段高くなった上段の間に父が直衣姿で坐っていた。今戦場から帰ってきたように、傍らに埃にまみれた具足と刀が置いてあった。部屋に入ってきた小夜が父の姿を認め、チョコチョコと近づき、下の段に坐ると、「お父様、お帰りなされませ」と、紅葉みたいな小さい手をついて、回らぬ舌で一生懸命父に挨拶をした。

「小夜姫か」

父は目を細め、今までの精悍な顔が一変し、まったく相好がくずれてしまった。「はよう来い」と、父は手招きして姫を呼んだ。姫は段を上がって遠慮がちに父に近づいた。父はもどかしいように小夜姫の手を取り、抱き上げると膝の上に乗せた。

「大きうなったのう」

姫の顔をじいっと見つめていた父の目に、涙が光っているのを、小夜は、いぶかしそうに見ている。

「母に似て美しい子じゃ、賢い子じゃ」

大掾は小夜を抱きしめ頬ずりをした。

「母がいなくとも、生きるのじゃぞ、この父が母の代わりになってやろうぞ。女子はな、みな花みたいに美しい娘になるのじゃ。そして子を生み、それを代々世の中に伝えていくのじゃ。女の務めはな、子を生むことじゃ。それも男の子じゃ。将来忍家の後継になるような逞しい男の子を生むのじゃぞ」

まだ何も知らず、ただあどけなく父の顔を見つめる小夜に大掾はじゅんじゅんと説くのであった。

そうだ、お父様が小夜を生きさせたのは、子を生ませることではなかったのか。忍家の跡を継ぎ、父の霊を奉じ、成田討滅の兵を興す子を小夜が生むことをお父様は願っていたのだ。父の本心を初めて垣間見た小夜は、暗黒の中に曙光を見たような安らぎを感じたのである。娘を自分の手許から放り出し、広い世間を見せようとした父の本当の愛情を感じたのである。

〈お父様はやはり私を愛してくれていたのだ。私の本当の幸福を願い、一人で死んでいったのだ〉

小夜は父に見捨てられたのではないという発見が、彼女の心に蝋燭のようなほのぼのした暖かさと生きがいを生んだ。それがその後の五カ月の、短い小夜の命の灯《ともしび》を燃やし続けさせた。

(十三)

春であった。どんな小さな生き物も湧き上がってくる命の奔出に、初めとまどっていたが、最後には歓喜に身をゆだねていた。草木は新緑の香りをいっぱいに放ち、そよ風はその自然の恵みを、森や谷川や山の斜面の草原や、透き通る大気の中に伝えていた。沢水も春の陽を反射し、きらめいていた。

小夜は上がり框《がまち》に腰掛け、肩で息をしていた。戸口から入ってくるそよ風に、小夜は快さよりも寒気を感じた。戸口の外を流れる沢水を桶に入れ、土間にある水樽に入れる作業さえ何度も腰掛け、休まなければできなかった。

産み月が近づいていた。胎児が動く。

――お母様もこのような苦痛を忍んで小夜を産

んで下さったのだ——小夜は自分の手を見た。袖から覗くこの腕は、青黒くむくんでいる。一年前の輝くような弾力のある真珠色の肌はもうない。

——ここにいるのは小夜ではない。小夜はお父様と一緒に死んでいるのだ——

春の陽の輝きも、小夜の目には、灰色の晩秋の霧雨に思える。そう思うことが、今の小夜には幸せであった。——もうすぐ子供が生まれる。お父様が命じられた義務を果たすことができる。こんな弱虫で、力のなかった小夜にも、大掾様の高恩に報いることができる——

その夜、囲炉裏の榾火《ほたび》の明るさの中で、陣痛が襲ってきた。良太は里人から聞いてきたお産の知識を唯一の頼りにして、おろおろと小夜の枕元に坐り、小夜の汗ばんだ手を握っていた。

しかし生まれて来た子は泣く力さえない栄養不良による未熟児だった。

小夜は地の底に落ちていくような虚脱感に気を失いかけていた。「男の子だよ」良太は小夜を元気づけるように叫んだ。小夜の顔に微笑が浮かんだ。

「この子は、武蔵国埼玉郡の領主の家柄に生まれた忍家の後継です。どうか大切に育てて下さい。大きくなったら、父・大掾義行様の仇を奉じ、成田親泰討滅の兵を興させて下さい」

「何を言うのだ、小夜、忍家って何なのだ、成田って、わしには、さっぱり分からない。生きてくれ！　小夜、死んでは駄目だ。子供のためにも生きてくれ」

「いいえ、私の生きていられた役目は終わりました。お父様達が迎えにきてくれました。お父様……」

小夜の白い首筋が枕から落ちて、そのまま動かなかった。

直垂姿《ひたたれすがた》の父・大掾義行が髪を振り乱し、今にも倒れそうになりながら血刀を杖にして立っている。その後ろに虫垂れ衣姿の雲子が、笠を持ち上げ顔を見せ笑っている。

「小夜様お迎えに参りましたよ」

雲子がやさしく言ってくれた。

「ああ、やっぱり雲子は生きていたのですね。私が雲子を見殺しにしてしまったのを怒らないで、私を迎えにきてくれたのですね」

小夜は雲子の胸に飛び込んでいきたい心を抑え、こわごわ父を見る。父は修羅場の中をくぐり抜けてきたように血だらけだったが、顔は前のいつもの父のように、目元と鼻の上に皺を作って、ゆったりとした微笑を浮べている。

「ああ、お父様、お父様もこの小夜を許してくれるのですね。小夜はちゃんとお父様の言われたように、忍家の後継を生みましたよ。お兄様達の跡を継げる男の子を、この小夜が生んだのです、褒めて下さいね」

小夜は年を取った、いたわしい父の胸に飛び込んでいく。後ろが真っ暗でよく分からなかったけれど、そこにはお兄様達もいたのだ。

「小夜、元気か。元気か！」

二人の逞しい青年が出てきて、小夜を軽々抱き上げて空中高く持ち上げてしまう。小夜は身をのけぞらせ、小娘のようにキャッキャッと笑う。

小夜の死に顔は、子供のように無邪気で、幸せそうな微笑みが浮んでいた。

（十四）

子供は死んでいた。小夜はそれを知らず死んでいった。小夜にとっては、現実を知らない方が幸せであったかもしれない。明日の未知の困難よりも過去の栄華の中に夢を見た。子供を生むことは小夜にとって、現実との絆を断ち、過去の世界に入るための、踏石として必要だったに過ぎない。

「小夜、生きてくれ。小夜、生きてくれ」

良太は気が狂ったようにわめき、小夜の体をゆさぶり続けた。しかし全てが途労であった。

「あなたを殺したのは、私なのだ」

良太は小夜を抱きしめ、もう全て無表情になってしまったその頬の上に、とめどもなく涙を流した。その後十日間、良太は小夜の遺体と過ごした。

外は若葉が伸び伸びと生長し、緑のじゅうたんを敷きつめたような地上と、青みかかった色の空には白雲が漂って、生きているものの歓喜の世界であるのに、良太の杣小屋は夜の闇黒がいつまでも居坐っていた。

良太はほとんど死にかかっていたが、生への執着が蔀《しとみ》戸《ど》を開けさせて外を見させた、木の葉に反射する陽光がまぶしい。自分が生きているのが不思議であった。緑葉の香りが部屋に入ってくる。腐乱した小夜の遺骸は哀れであった。悪臭を放つ、どす黒い肉塊に過ぎなかった。

「小夜、すまない」

その認識が良太の心に正常な意識を呼んだ。彼は小屋の前の空地に穴を掘り、小夜とその赤子を埋めた。墓石の代わりに土を盛り、その上に山桜の小木を植えた。この木の花が咲く時、小夜の体は完全に土になっていることだろう。その時、桜の花は小夜の生まれ変わりのように美しく咲き誇るだろう。

「桜の花びらのような娘を、ただの土くれにしてしまったのはわしだったのだ」

良太の心を激しく突き刺すものがあった。あの時、小夜を十文字峠への路に案内してやれば、今頃、小夜は信濃の姉の家で幸福に暮らしていただろうに。こんな悲しい短い一生を送らなくてもよかったのに。

「お前をこんな運命に追いやったのは、わしなのだ。小夜許してくれ」と、良太は墓の前にひざまずき、顔を土にこすりつけ、地中にいる小夜に聞えるかのように大声を出して泣いた。

翌日、良太は麓に働きに出た。小屋にいると時間は恐しいほど長く、小夜との思い出が彼を苦しめたからだ。木を伐り、枝木を払い、麓に搬出するのが彼の仕事だった。親方は彼の裏表のない仕事ぶりを賞でた。しかしこの若者の、労働に打ち込む暗い心的衝動は知らなかった。確かに、仕事は彼を二カ月生かしてくれた。

良太は決して悪い男ではなかった。ただ社会を恐れる臆病な若者に過ぎなかった。彼は奥武蔵の山々に囲まれた名栗の村里に住んでいた。母と子の貧しいが、静かで平和な生活であった。まだ寒風の吹きすさぶ早春の夕方、彼が畑から帰ってくると、地頭の兵が二人、食糧の調達に来ていた。食べられるものなら何でも持っていこうとする。種籾《たねもみ》までも持っていこうとして、それに抵抗した母は簡単に槍で殺されていた。

ちょうど、その場に居合せた良太は鍬《くわ》を振りかざし、その兵の頭をぶち割った。もう一人の兵は、あっけにとられたように、それを見ていたが、良太が鍬を振り上げて、なおも構えているのを見ると、ころげるように土間から表戸をくぐって逃げ出していた。追手が来るのは時間の問題であった。母はもうすでに死んでいた。

母がいなくて、どうしてこんな土地に未練があるのか。彼は若かった。ただただ領主や兵隊が怖かった。とっ捕まり、犬猫のように殺されるのか、父のように徴発され、戦場で殺されるのがおちだろう。それ以外この土地に残って考えられることがあるのだろうか。父祖伝来、耕して来た少しばかりの田畑に未練があったが、自分の命の方が大切であった。

彼は種籾や鍋、鍬をこもに包み、背負うと、母の遺体に瞑目《めいもく》し、小屋に火を放ち、その夜の内に、裏山伝いに出奔したのである。そして誰もいない甲武信の国境近くの深山に、人目に隠《いん》れ一人住んでいたのだ。しかしこの男には、隠遁《とん》するにはあまりに若かった。生きるには里に出て働かなければならなかった。

百姓仕事できたえた彼の肉体は、激しい労働も少しも苦ではなかったが、時たま襲う衝動の方が彼には怖かった。それは暴風のように襲ってきて、彼を狂気にし、彼をして森の中を駆け抜けさせ、草原の中を獣のようにのたうち回らせた。

彼は、まだその真の意味を知らなかった。村里の社のお祭りの時、彼はいつもそんな得体の知れない衝動に悩まされるのだ。舞台のお神楽を人ごみの後ろから遠慮がちにおずおずと見ていた彼の足は、ひかれるように、神社の裏の空地に向かってしまう。

そこには間口三尺奥行六尺くらいの筵がけの小屋が五つ長屋のように並んでいる。その前に筵を敷いて、女達が坐っていて、前を通る男を誘うのだった。女はあるいは、ひわいな言葉を放つ老婆であったり、時たまチラリと着物の前をはだけ、その太ももが夜目にも白い娘がいたし、空ろな目を客に投げかけるだけの女もいた。全てをあきらめ、ただ下を向いて耐えている色香の失せた三十代の女もいた。

ただ一様に共通していたことは、物乞いの女みたいな悪臭を放っていることであった。しかしそんな女達でさえも、良太の持っている僅少な金では相手にしてくれなかった。しかし良太にはかえってその方が幸せであったかもしれない。彼はまた、とぼとぼとそのわずかな金で買える、いくばくかの食料を背にして、月夜の山路を歩いて帰っていく。

その二里の山路の間、彼は女のことをよく考えた。社会を捨てた男には、想像の中でしか女は得られない。その想像の女だけが彼の孤独な魂を癒してくれた。その女は母の姿に似ていたが、決して商売女みたいに彼が近づくと悪態をつき、つばをひっかけ、犬猫みたいに追い立てる、あるいは村娘みたいに冷ややかな軽蔑的な目でしか彼を見なかった。

小夜は彼の想像していた娘に近かった。そして一年にも満たぬ甘美な生活の記憶を残し、死んでしまったのだ。後に残された痛苦は何なのだろう。

六月に入って、甲武信の国境地帯の六六〇丈級の山々にも、梅雨期が訪れ、毎日陰気な雨が降り続いた。谷川は翠玉色のやさしさを失って、赤茶けて無気味に増水し轟音を立てている。草木は水に濡れ、色艶を増し、日一日と大きくなって密生していく。

良太は雨が降る日は仕事がないので、一日中自分の杣小屋に寝ていた。空虚が蔀戸を閉め切った暗い部屋に忍び込んでくる。良太には、もう何もない自分であることが分かっていた。頑健な体を支配していた心的構造は、案外もろかった。

小夜の遺骸は、もうどろどろにとけて土に

なっているだろう。その時彼は、戸を開けて入ってくる人の気配に気づいた。その遠慮がちな静かな物音が、小夜の立てる気配に似ているのだ。良太は起き上がって暗闇に目をこらした。そこに旅装束に身を包んだ小夜が立っていたのだ。しきりに良太に向かって頭を下げている。何か言っている。

「大変お世話になりました。これから姉の所へ参ります」

その声はそう言っているようであった。

彼女は戸口から出ていく。

「ああ、持ってくれ、小夜」

良太は起き上がり、戸口に出ると小夜は、宙を飛ぶように山路を下りていく。彼も必死になって小夜の後を追い掛けていく。小夜のしめている赤い帯が彼女の生きている証拠のように目に映る。

小夜は森の中に入っていく。

「待ってくれ、小夜、私を見捨てないでくれ」

彼の姿も森の中に入って消えてしまった。後は何事もないかのように雨が降り続いていた。

その森は、山麓の里人が「入らずの森」と恐れていた、一度入ったら二度と出られない大森林地帯であった。

事実、その後良太の姿を見た村人はいなかった。

完

あとがきに代えて

あれは私が中学一年の夏休みのことだ。

昭和二十二年の東京にはまだ焼野原が残っていて、そんな空き地でガキ仲間と遊び回っていた。夏だったから神田川の鉄格子を降りて、中野区と新宿区の境目にある今の大久保通りの末広橋の下辺りでザリガニ採りをしていた（その時の私の意識は、前回やって成功したように、また一匹でもいいザリガニを採って仲間に自慢したかった）。その時私は素足だったので、川底にあったガラスの破片で血がだらだら流れ出る怪我をしてしまった。私は泣きながら鉄格子を登り、置いてあった木のサンダルをはいて家に帰り、外にあった水道の水で足を洗い、母には怪我のことを黙っていた。母からは池や川の遊びは禁止されていたので、怒られるのが怖かったのだ。

一か月くらいたった夜、四畳半の茶の間に父や母や姉や兄がいたが、いつも騒々しい末っ子の私が、部屋の隅で静かに座っているので、姉がこの子おかしいと体温計を私のわきの下に入れた。すると熱が三十九度近くあり、私はすぐ父に背負われて近くの病院に行った。そこで敗血症とわかり、そのころ新薬だった水性ペニシリンを打つとまたたく間に熱が下がり、お医者さんは「治りますよ」と家族に笑顔を見せていたが、連続投与しなかったために菌に耐性が付き、また、熱が上がり始めた。この医者の紹介で、若松町にあった国立第一病院に入院した。といっても病院の全景を見た訳ではない。若松町寄りの裏口みたいな所から入ったような気がする。何しろ十二歳の病人の子供のあいまいな記憶なので確かな観察眼があった訳ではない。でもこの入口の木の表札に、「陸軍第一病院」とあったのは錯覚や後から作った幻想だったのだろうか。

雑木林の中に、八畳くらいの小屋風の病棟があり、中にお腹部分に穴があいて中身の藁がむき出しのベッドが一つ置いてあった。ここで輸血治療を受けた。毎日売血者が、私のベッドと小屋の入口の間の、上がすりガラスのつい立の向こうに来て、医者は小さいガラス板の上で血を合わせ私に輸血していたみたい。母は毎日売血者の顔を見ていたから、お前は顔色の悪い人の血をもらったと、後で気にしていた。そういえば二回目の時、ぶるぶる体が震えだし、母が急いで医者に言いに行くと、大丈夫だと言って来もしなかった。やがて敗血症は治ったみたいでベッドに座り、母が作った御飯にみそ汁をかけ、中にバターの一かけらを入れたのを、おいしいおいしいとおかわりしたので母を喜ばせた。しかし、私の体に何か異常が生じたようだった……。

退院の日、雨戸のような寝台で車に乗せられた。家に着いて車から降ろされ、門から入る時に、一緒に遊んでいたガキ仲間が四、五人私を覗き込んでいた。周りはしんとして、私はうつろな目で、彼らを見ることができなかった。もう一緒に遊んだあの二か月前のガキ大将の私はいなくなっていた。

次第に私の身体は動かなくなり、関節の痛みが始まった。往診のあの先生も来て、私を見て顔色を変え、体を動かさないと固まってしまうと言うが、所詮は人の体。自分の痛みではない。

それからしばらくして、一日一本打てばいいという油性のペニシリンができて、何本もお尻に打ったけれど後の祭。父が近所の別の開業医の診察を乞い、「無駄になってもいいじゃないですか、お子さんの命を助けるためなら」とストマイ十本を打たれたが、病状はまったく変わらなかった。結核性と思われたらしい。十本目の時、耳がジンジン鳴り出し、ストマイによる聴覚障害になりそうだった。

やがて私は六興出版社版の吉川英治『宮本武蔵』に夢中になり、寝たきりの無聊《ぶりょう》を慰めていたが、母にとってはやり切れない存在だったろう。ある日、母は家政婦さんの助けを借りて五右衛門風呂をたいて私を入れてくれたが、風呂から出た後、私が歩き出したのである。母の喜びはひとしおだったようだ…。

母は五十二歳で死んだ。あのお医者さんが看取ってくれた。瀉血《しゃけつ》だけが治療だった慢性腎臓病は今でも大変なようだ。あの時代、大砲や軍艦に金を使うより医療の研究をしていたら戦争もなかったのではないか。

結婚し子供が二人いた姉は、わんわん泣いていた。私は青年時代だったけれど、自分の障害を恥じ、母からの介護や自分を生んでくれたことへの感謝の気持ちもなく、親不孝の罪業を負ってしまった。またベストセラーだった藤原てい氏の『流れる星は生きている』を読み、自分以外の恐ろしい世界を知った。本当に私は子供だった。もし私が五年十年早く生きていたら、学童疎開生活の飢餓や体が動かない障害者の絶望、悲しみ、ぞっとするような奇形の体にそそぐ人の目、差別でひしゃげた心もなく満州に出かけていたかもしれない。もっともこの文章を書くこともなく、この地球上にこの姿は消えて無くなっていたかもしれないが。

運命なんて一瞬に変わる。それが人生の恐ろしさ。怖さ、悲喜劇かもしれない……。

長じて私は自動車免許を取ることにした。移動の自由を得て人生を広げるため。それでこの本の後半に収めた『忍家の姫君』の舞台にもなった関東から甲信地方にも何度も通うことができた。

そんな時に出会ったのが、この本の元となった障害者の文芸誌『しののめ』(昭和二十二年創刊~平成二十四年休刊)の編集長・花田春兆先生であった。

先生は活動的であったが、車イスごと遠くへ移動できる〝足〟を必要としていた。そこで、私が先生の別荘のあった軽井沢までの道を何度も、自動車を運転して往復することになった。

そうした縁で、花田春兆先生から、「しののめ叢書」として本書の元になった『忘れられた峠

～赤田則夫詩集』をまとめることを勧められ、序文まで頂戴した。自分の持っているものを、自信をもって出し切りなさい、との激励であった……。

それから、四十五年の歳月が過ぎた。今、こうして『しののめ』で連載した『忍家の姫君』を加えて一つの本となったことに、文芸社編集部の高島三千子さんはじめ多くの方に感謝したい。『しののめ』を戦後の物資のない時代に回覧誌として創られた花田春兆先生、『しののめ』の三代目の編集長を務められた佐々木正子さんと佐々木さんのご主人卓司さん、そして『しののめ』読書会で議論を交わした関義男さんや懐かしい仲間たち、その一人として、住み慣れた新宿、柏木のわが家に足を運んでくれ製作に協力してくれた坂部明浩さん。皆とともに、この本の誕生を祝いたいと思う。

※本書は一九七八年に刊行された『忘れられた峠』(しののめ発行所)と、雑誌「しののめ」に掲載された「時代伝奇　忍家の姫君」(第72号〜第78号)に、また、「あとがきに代えて」前半の回想部分は「しののめ」(第112号)「運命は一瞬に変わる」に、加筆・訂正を加えたものです。

著者プロフィール

赤田 則夫（あかだ のりお）

昭和10年10月12日、東京都生まれ。
コロニー印刷などに勤務。
『しののめ』会員。
本名：岡田 旭

忘れられた峠

2023年11月15日　初版第1刷発行

著　者　赤田 則夫
発行者　瓜谷 綱延
発行所　株式会社文芸社
〒160-0022　東京都新宿区新宿1－10－1
電話　03-5369-3060（代表）
03-5369-2299（販売）

印刷所　株式会社エーヴィスシステムズ

ISBN978-4-286-23647-6